KB069273

안개가 잎을 키웠다

안개가 잎을 키웠다

유지인 시집

117

문학수첩
시인선

문학수첩

일러두기

〈한글 맞춤법〉을 원칙으로 삼았으나 시인의 표현법과 〈한글 맞춤법〉이 상충될 경우,
시인의 창작 의도를 우선시했음을 밝힙니다.

어둠 속에 앉아 하룻밤을 지새운 적 있다

시와 한판 겨루기 같았던

그 밤의 힘으로 여기까지 왔다면

첫 시집엔 밤의 페이즐리 문양과

안개에 귀퉁이가 젖은 시가 더러 있을 것이다

2023년 10월

남양주 별빛도서관에서 감사함을 담아

유지인

1부 | 예술의 눈초리에 매달린 속눈썹처럼

3부 ㅣ 아직 물고기의 아가미는 선홍색이다

4부 | 달에 간 널 보려고 시를 읽었다

1부
예술의 눈초리에 매달린
속눈썹처럼

아트페어

전람회는 벽에 걸린 그림들을 몸살 나게 한다
관람객의 발소리만 들려도 색이 짙게 변하고
불꽃 튀는 눈초리들 앞에서 식은땀 난다
유독 관람객의 눈길이 오래 머무는
한 그림의 표면은 쉽게 주름이 진다
그 어떤 큐레이터의 설명이 저리 강렬할까
빨간 스티커가 무수히 붙어 있는 그림
적당한 거리에서 조명등이 환하게 웃고 있다
제목은 "바람이 다녀간 흔적"
육안으로 볼 수 있는 아무것도 그려지지 않았다
어차피 매수자의 욕구가 대신 그려질 걸
화가는 이미 알고 있었던 것일까
그리기 위해 그릴 수 없는 작품의 속내를
읽어 내기엔 전람회장은 지나치게 밝았다
모호한 예술성의 깊이는 관객의 호기심

그 어디쯤에서 완성되는 거라고
빨간 스티커를 환호성처럼 매달고 간
그림은 매번 되돌아오는 길에 익숙해져 있다
상업성의 욕구를 채우지 못한 구매자는
이번엔 낙관의 위치를 문제 삼았다
미술 전람회가 끝나고 그림만이 홀로 남아 있다
한바탕 바람이 다녀간 흔적을 지워가며

입속의 사계

여름은 호흡으로 너무 꽉 잡으려 하면 목울대를 타고 도망쳐 버린다 튀어 나가려는 여를 부드러운 'ㄹ'이 끌어당기고 'ㅡ'가 어르고 구슬려 'ㅁ'으로 주저앉게 해야 한다 안팎의 열기를 눌러 앉히고 사이좋게 공존케 하는 여름— 하고 발음하다 보면 단전 밑이 서늘해지고 치솟는 마음이 제자리를 찾는다

가을은 사물을 혀 밑에 넣고 꾹꾹 짚어가다 보면 저마다 고요히 떠 있는 걸 알 수 있다 가! 하고 허공을 울리던 혀가 단지 떠 있다 을! 하고 그저 제자리에 주저앉을 뿐이다 낙엽이 떨어지는 찰나의 몸짓이 깃들어 있다 씨방이 깊어지고 사물의 뼈가 살을 버리고 새들이 깃털의 솜털을 채워가는 소리 가을

겨울은 자음과 모음이 뒤에서 아래서 껴안고 받쳐주는

．

보살핌이 내재되어 있다 망설이다 붕 떠오르는 겨를 울이
재빠르게 담요 안으로 끌어당겨 다독이는 겨울은 생명을
기르는 산모의 웅크러듦이다

　봄을 발음할 땐 오래 준비할 필요가 없다 봄! 하고 날리
기도 전 이미 줄행랑이다 둥그렇게 세운 입술은 바람과 장
난치는 이제 막 솟아난 새순을 닮았다

착시

사물의 외부와 내부가 충돌한다
말의 기표(시니피앙)와 기의(시니피에)*처럼

초원을 달리던 얼룩말의 줄무늬가
바람에 씻기어 순간 사라졌던가?
그때 본 것은 바람의 내부였던가?

얼룩말이 지닌 무늬의 혼란스러움이
감춰진 내부의 진의를 볼 수 없게 한다는 것
그래서 시간의 절반은 밤으로 이루어졌다

추측이라든가
의혹이라든가
그런 추상적인 감정의 꺼풀을 벗어난
얼룩말의 진짜 무늬는 무엇이었을까

꺼진 촛불의 그을린 심지를 보고

한때 맹렬했던 불을 가늠하는 때

사라진 얼룩말은 좀처럼 다시 나타나지 않았다

아니 어쩌면 직접 보길 두려워하는

마음이 먼저 아니겠냐고

남겨진 얼룩말의 말이 초원에

돌부리처럼 솟아 있다

* 심리학자 롤랑 바르트는 시니피앙은 눈으로 보는 이미지, 시니피에는 그 뒤에
숨은 함축적 의미와 내용이라고 했다.

안개가 잎을 키웠다

"모나리자의 눈썹은 우리가 보지 못하는 그 무엇이다"

청맹靑盲과니를 위해 안개가 출사표를 던졌다
주파수가 없는 안개 속에선
감각의 촉수를 긴 안테나처럼 뽑고
경계선이 모호한 천을 박음질하는
재봉틀 바늘마냥 무작정 달려 나가야 한다

말의 애드리브나 즉흥 연주의 베리에이션처럼
시를 쓰다 불쑥 튀어나오는 의미도 기억도 생소한
단어를 만날 때 있다 노파심에 사전을 뒤적이면
쓰던 시에 영락없는 퍼즐의 한 조각이다
신명이 오른 문장이 문장을 불러오는 순간이다

안개 속에서 무수히 타종되었던 바람의 문장은

궂은날 눈만 홀리다 금세 사라지는 여우별이거나
의식의 창을 가린 검은 조각의 매지구름이거나
깨어나 메모장 찾다 다시 든 그루잠 속에서
번개처럼 잡아챈 시의 나비 날개다

안개 장마당에서도 시의 눈속임을 하는
야바위꾼을 만날 수 있다 절벽은 어디에나 있다
그럴 땐 감각의 집어등을 밝히고 허밍,
몰입으로 숨죽인 뱃고동 소리가 더 멀리 간다
아사시한 안개 스토리가 이어지는 곳에서
안개를 먹고 자라난 사물 아이의 눈은
웅숭그레 깊어져 있다

침묵에 눌린 건반의 입술

잠수복 차림의 사내가 집채만한
육지 거북 갈라파고스*를 마주 보고 있다
응시 아닌 응시의 기류
백오십 년 전 마지막 페달을 밟다 방치된
오르간 소리가 났다 음계를 누르면
금방이라도 부서져 내릴 소리의 폭포를
떠받치고 있는 시간의 등뼈가 휘고 있다
침묵에 눌린 건반의 입술을 위해
누가 창문을 열 것인가

한 알의 수면유도제를 먹고
어둠 속 푸른 성문을 열고 들어가는 사내
스스로 할 수 있는 것이 아무것도 없다고
눈꺼풀에 내려앉는 빌려 온 잠의 독백을 듣는 때
선로에 뛰어든 승객을 구하다 돌아오지 못한

아들을 만나러 매일 전철역에 나오는 노모처럼

차마 마주할 수 없어 닫아 두고 살던 기억은

육지 거북처럼 몸집이 커져 갔던 것일까

서로를 보고 있어도 보지 못하는

눈먼 바라봄은 부재중인 것을 향한 미망末忘

엑스레이 섬광처럼 심연을 투과하는

갈라파고스의 눈길 앞에서

도무지 숨을 곳이 없다

• 최원석 조각가의 작품. 짝도 없이 150년을 살다가 멸종되었다는 육지 거북.

천년 달빛의 조연을 기리다

칼 든 망나니처럼 불꽃이 춤을 춘다
시뻘건 서슬에 놀라 나자빠진 장작
곤란한 일에 불똥 튈까 전전긍긍하던 마음처럼
뒷걸음만 치다 쉽게 불이 옮겨붙지 않는다
타오르려는 불과 맞서는 장작의 고집이 만만찮다
다가섬과 밀어냄의 중심에서 휘청인다
한 생을 갈무리하는데 저만한 망설임쯤이야
불이 한 발 물러선다

불은 스스로를 태우지 않는다
도자 가마를 위해 나무를 고르는 까닭이다
자신을 내어주는 장작 앞에서만 불은 타오른다
태우려는 것과 타려는 것의 합일의 극점에서
도자기는 천년 달빛을 품는다

재가 되어야 나갈 수 있는 가마의 입구는 좁다

불의 혀끝에서 한바탕 너울춤을 추다

아궁이에 소슬하게 내려앉은 장작의 잿더미

가마에서 태어나 스러져간 불의 흔적

어디에도 없다

바람미술관*

그림 한 점 걸려 있지 않다

미감이 사라진 혀와 입의 적막한 동거 같다

텅 빈 공간 앞에서 질문을 까먹은 사람처럼 멍해진다

호흡의 난간에서 날리는 비명의 한 점인

눈동자의 초점을 그리다 말고 떠난 사막에서

너는 모래알 섞인 밥알을 보내왔지

모래 속을 빠져나가는 물을 붙잡으려 했던 적 있다

그런 날의 숫자는 달력에 눈이 빨개진 채 매달려 있다

바람의 갈비뼈 속에서 태어나는 것들이 있다고

스스로 만든 다리를 건너는 법을 알게 되었지

뒤돌아보지 않는 바람의 눈빛을 여기서 만난다

불쑥 튀어나올 것 같은 신선한 바람의 아이가

예술의 눈초리에 매달린 속눈썹처럼 팔랑거릴 때

바람은 산통을 끝낸 산모처럼 여유로웠다

느낌의 실체를 만나러 왔다던 너는

문틈에 옷자락을 남겨두고 돌아갔다

바람의 방백을 듣고 간 게 분명하다고

한동안 연락하지 않는 너의 침묵이 배달되어 왔다

느낌으로 알 수 없는 것은

다 실체의 옷을 벗은 추운 몸뚱이 같은 거라고

가닿지 못하는 바다 끝을 바라보다 주워 든

낡은 소라껍질 속에서

바람의 생각은 점점 골똘해져 갔다

---

* 제주도 서귀포의 이타미 준이 건축한 미술관 이름. 바람을 느낄 수 있는 공간이다.

달의 빈집

저리 깊은 허공의 음계를 건너

너는 어디로 갔을까 출구가

지워진 달의 내부를 곰곰

이 들여다본다 바람이 문

틈에 무수히 찍힌 지문을

뜬다 나는 오래 그 지문을

내려다보다 이제는 사라진

문고리의 흔적 그 어디쯤이다

도르르 굴러가다 화석이 된 물

방울이 네 마음의 무늬를 고스란

히 간직하고 있다 지구의 소식이

달의 턱밑에 걸려 펄럭이다 하얗게

바래져 간다 너는 닿을 수 없는 어디를

유리하다 달 속에 든 빈집이다 달무리가

빈집을 들여다보다 끌끌 혀를 차고 달 속

에선 네 마음의 껍질 같은 달걀흰자를 감싼 얇
은 막 하나 뚫지 못한다 문이란 문은 다 지워진 달
밖에서 누군가 쏘아 올린 전화벨 소리가 자지러지게 울
리다 지구의 빨랫줄에 내걸리는 밤 너는 시가 되지 않는
문장과 씨름하다 늑골 휘어지게 달 넘는 바람을 기다린다

꽃의 우화

수반에서 피고 진 꽃의 일대기를

꽃꽂이라 한다면 "화무십일홍"

고사성어 속에서 꽃은 못다 핀 꽃을 피운다

델리케이트한 꽃의 수명 연장을 위한 물속 자르기

식초나 락스 한 방울 내지 얼음 넣기

플로리스트의 온갖 우아한? 방법을

꽃은 침봉에 꽂혀 저항도 못 하고 받아들인다

화려한 꽃의 이면은 그로데스크하다

시들어 추한 꽃 목 떨어지고 찢어진 꽃

한눈팔면 향기보다 가시를 앞세우고

가시에 찔려도 바라만 봐도 꽃이었는데

새벽 꽃시장을 달려가는 체력에 바람 들어

꼬박 3년을 배워 사범 자격증을 얻은

플로리스트의 길을 떠났다

꽃 조련사보다 시의 절차탁마切磋琢磨라고

이별의 말은 의도치 않게

꽃다발을 둘둘 말아 감싼 포장지처럼 그럴듯하다

그때 만난 꽃을 시詩 속에서 다시 만났다

군더더기의 가지치기, 연습 후 버려진 꽃들

색상과 이미지의 조화 극적인 순간 포착 등이

시와 유사하다 수반의 세상이 전부인 꽃

이제 시들지 않아도 될지니

우화 속 꽃처럼

무엇으로 지은 집이기에

헛기침 한 번에도 훅 사라질까 봐
숨 쉴 수 없게 하는 공기의 착란
비로소 원하는 향기의 집을 가졌으니
이만하면 족한 생이 아니었는지
옛날 선비들은 깊고 지순한 난향에
천금의 가치를 두고 곁에 두었다지요

향기로 지은 저 어여쁜 생을
차마 쉬이 보낼 수 없어
화폭으로나마 잡아두려 애써 보아도
저리 깊고 그윽한 향은 바람이라서
아무도 그 향을 그리지 못한다 하지요
떠나려는 난향의 치맛자락에
바짝 매달린 선비의 마음만
그렇게나 간절했다지요

빨간 첼로소녀

분수대가 있는 광장에서

맨종아리의 소녀가 첼로를 연주한다

끄덕끄덕 다리 사이로 놓친 음표가 빠져나간다

통 안의 키 작은 음이 동당거린다

소녀가 연주를 멈추고 애벌레를 나눠준다

애벌레가 호기심의 눈주름 속에서 리듬을 탄다

간혹 부화되지 않은 꿈의 날개를 단

애벌레가 나비가 되어 날아다닌다

소녀가 실내화 벗어들고 나비를 쫓아다닌다

팔랑거리는 치맛단이 나비의 실루엣이 되어 갈 때

못갖춘마디에 매달려 있던 빈 수저 같은

이분음표 하나가 바닥에 떨어져내린다

음표를 낚아채려 달려가는 활에 웃음이 튕겨진다

뒷짐 진 아저씨가 소녀의 찰랑이는 연못에

동전을 던진다 물이랑 사이로 동전의 앞면에

반쯤 비친 소녀의 미래가 희미하게 웃는다

버스의 간유리창에 악보를 그리던 소녀가
소리 내지 못하는 음표를 지우다 문득 절룩이는 오후
빨간통에 붙잡힌 첼로와 소녀가
어깨동무를 한 채 수문을 빠져나간다
고장난 에어컨 덩덩거리는 차 안
비몽사몽간 나의 한낮 졸음이
급브레이크에 차여 저만치 나뒹군다

오로라, 색의 카덴차

집시의 달이 떠오르면
핀란드의 숲에선 오로라의 패션쇼가 열린다
옷이 예술이 될 수 있니?
미지의 세계에 도착한 물음 앞에서
여행 가방에 달린 행선지 꼬리표 잘라내듯
"지금까지의 이력은 다 잊어라"
옷의 빛깔로 감정을 대신하는
연극 무대의상에서 대사의 긴 여백을 본다
출근 전 마음이 먼저 도착한 옷 고르기
그것은 방목을 즐기던 인류의 컬러테라피
오늘 당신의 일은 그 감각을 채집하는 것이다

"색이 전부며 음악처럼 진동한다
그 전부가 그 떨림이다"*는
공기의 내레이션으로 패션쇼의 막이 오른다

감은 눈들이 번쩍! 일어선다 색들이 리듬을 탄다

색은 마음으로 본다는 최초의 염색 기법을 기록한

밑지처럼 숨죽이며 읽어 내리는 색의 파노라마

색맹을 위해 오로라! 너의 피날레를 보여 다오

날아다니는 지휘봉 아래 연주되는 색의 카덴차

어둠의 휘장 뒤에서 화들짝 깨어난

꼬마별이 별똥을 지리고

가 보지 못한 마음도 휘둘러 적신다는데

* 색에 관한 마르크 샤갈의 말.

푸른 시의 연인들

습작기 시절 '가시 박힌 영혼'들이

모인다는 동인회에서 활동을 했다

배나무도 시도 찰방찰방 물오르기 좋은 5월

한번은 동인회 모임을 배나무 농원에서 갖기로 했다

도착하니 사나이 동인 셋이

흐드러진 배꽃 아래 눈자위가 붉게 물들어 있다

참내, 꽃물 든 것도 아니고

시 낭송을 하다 "시가 너무 좋아서"라고

누가 꽃이고 시인지 모르게 웃고 있더라니!

앉은 자리에 소금별 뜨겠다 했는데

창작을 가로막는 줄줄이 사탕 같은 핑계와

시를 배부른 강아지 밥그릇 보듯 할 때

그 일은 잊을 만하면 나를 불시에 불러 세운다

"삼십 년 동안 죄송했다"며 동인회 지킴이로 남아

등단의 높은 벽 아래서 시의 홀씨를 쏘아 올리며

달 속에 들지도 벗어나지도 못하는

달무리처럼 살아가는 시의 연인들

시집 속에 잠들어 있는 시를 깨울 때이다

목련나무 교실

예술 활동이 전부인 이력서 빈칸을 채우다 말고
받아쓰기하다 곁눈질하는 초등학생처럼
보는 눈 없는 밤에서야 꽃을 훔쳐보는 것은
다 불안의 심장을 지녔기 때문이다

목련나무가 낸 오늘의 과제는
꽃차례를 서술하라는 것이다
아직 벌들은 움막집에 웅크리고 있을 터인데
산수유, 진달래, 개나리, 목련, 조팝꽃, 라일락
한꺼번에 동시다발로 폈다 져 버리는
지구 온난화의 과도한 봄볕이 만들어 낸
발화의 오류 속에서 지구도 시도 앓고 있다

꽃도 제 안의 어둠을 어쩌지 못해
저리 달빛에 손을 놓치기도 하나 보다

몸 뒤척이지 않는 목련 꽃잎이 길에 즐비하다
그녀가 두고 간 자색 스란 치맛자락
밟고 지나는 것 같아 뒤돌아보다 울컥해진다
아직 그대로 펼쳐진 커다란 꽃잎 때문이다
무언가 두고 온 게 분명 있는 것 같아
고개 돌렸지만 시집 속에서 시를 찾지 말라고
이미 나무 그늘을 한참이나 벗어난 뒤였다

피죽새*

　흉년의 보릿고개 넘다 새를 가슴에 키우게 된 어머니는 보리밭에 사셨다 호미날에 이마를 콕콕 찍힌 어둠이 밭고 랑에 길게 드러눕고 나서야 일어서는 어머닐 기다리다 잠든 유년의 밤은 길고 어두웠다 어머니! 이제 그만 새를 날려버려요 보세요! 사월의 하늘 아래 청보리가 이리 무성하잖아요

　피죽새 날갯짓 유달리 요란한 아침 암갈색 띠를 두른 보리쌀 섞인 도시락 내던져진 뒤란 쪽마루는 어머니 근심으로 쉽게 그을렸다 가끔 도시락을 나눠주던 중학교 때 짝꿍아이 그 아이 반찬통에 담긴 계란말이 속의 꼼지락거리던 햇살 짝꿍의 젊은 엄마는 기억 속에서 나이를 먹어 가지 않았다

　아무도 도시락에 관해 물어오지 않는 가슴에 번져 가던

부끄럼증은 보리밥만 보면 기억의 환부가 무던히 가려웠다
긁어 댄 자리에 생긴 희고 단단한 딱지에 새살이 돋을 무렵
어느새 내 안에도 살고 있는 새 점점 자라가는 새를 바다에
가 날려 버렸다

　부재를 확인하기도 전 다시 돌아온 새 시詩의 밭에서 사
는

* 대나무 껍질을 먹고 산다는 새. 옛날 사람들은 이 새가 울면 흉년이 든다고 걱
정했다.

2부
발톱은 눈 속에 튀어든
기억으로 웃자란다

마두금*

사막에선 눈물의 포자가 쉽게 증식되지 않는다
낙타의 긴 속눈썹이 젖지 않는 이유다
오아시스라는 낱말을 모르는 낙타는
혹 속에 가둬둔 물의 기억으로 사막을 건넌다
그 낙타가 온몸의 수분이 다 빠져나가도록
산고를 치르다 겨우 새끼를 낳았다
헌데 품을 파고드는 새끼를 뒷발로 밀쳐낸다
붉은 치마를 두른 전갈의 휘파람소리라도 들은 걸까
새끼를 위한 수유의 자장가는 울리지 않는다
주인은 홀로 버려진 새끼를 위해
악사 아들과 아버지를 불러왔다
아버지의 노래가 아들의 연주가 낙타를 어루만진다
새끼 울음소리를 내는 마두금 연주에
집 떠난 어미 새가 둥지 찾아 날아들고
어디론가 달아나려던 어미 낙타의 동공이 흔들렸다

모래알을 일으켜 세우는 활이 난산의 고통으로

까매진 음표 하나 퉁! 치고 지나자

낙타의 휑한 눈 속에서 눈물이 흘러내렸다

밀착된 활과 현의 떨림 속에서

태반과 탯줄의 끌림이 되살아나고 있다

설명서 없는 약봉지처럼 떠돌던 새끼가

어미품에 든다 채찍 대신 악기를 연주해주는

아버지와 아들이 산다는 그곳이

갑자기 궁금해졌다

* 머리 부분이 말 머리처럼 생긴 악기. 난산의 고통으로 새끼를 멀리하는 어미를
위로해주는 연주에 쓰였다.

너무나 가벼운, 담론

깨지는 게 두려운 유리컵은 언제나 투명하다

보이지 않는 것에 더 궁금해지는 시선 속에서

가끔은 모호하게 투명해진다

어느 미술 평론가의 "작품에 깊이가 없다"는 말

너무 깊게 들어버린 한 젊은 여류화가가 깊이를 앓는다

그녀가 저물어가는 그믐달처럼

베란다 난간에서 꾸벅꾸벅 졸고 있다

내부를 보여주기 위해 점점 기울어가는 물병처럼

그녀가 한쪽으로 기울어가다 엎질러진다

"안녕! 엎질러진 물로는 아무것도 채색할 수 없어요"

데려온 아이처럼 무표정한 화폭 속 사물은

그녀의 열정적인 내부를 더 이상 닮아가지 않는다

해석할 수 없는 상처의 코드처럼

"깊이에의 강요"*는 암호처럼 머릿속을 날아다녔다

예술의 내부도 밤과 낮처럼 명징했으면 좋겠다고

그녀는 짐승처럼 엎드려 제 안의 어둠을 물어뜯었다

젊음의 신선한 감각과 연륜의 깊이가

때론 공존하지 않음을 설명할 수 없다는 건

정말로 예술의 아이러니였다

도다리의 눈처럼 한쪽으로만 쏠려버린

그녀의 눈 속에서 사물은 옷을 갈아입지 않는다

평론가의 말에 함부로 마음을 내준 그녀가

깊이를 찾아 죽음의 허공을 건너뛴다

발 빠르게 달려온 반전의 말이

바람에 쉽게 뒤집어지는 이파리처럼

조문객들의 입속에서 팔랑거렸다

* 파트리크 쥐스킨트 소설 제목.

블루, 만져지지 않는

진도견 수컷 머루는 지리산 안내견이다 주인이 시킨 것
도 아닌데 등산객을 따라다니다 슬그머니 앞장을 섰다 정
상에서 등산객이 하루 품삯처럼 먹을 것을 줘도 본체만체
하다 아무리 늦어도 꼭 집에 와 저녁을 먹는다 그래서였을
까 머루가 산짐승의 공격을 당해 무지개다릴 건넌 후 암컷
달래는 열흘간 식음을 전폐했다 그러던 달래가 자릴 털고
일어나 등산객을 따라나섰다 능선을 달리던 달래가 갑자기
멈춰 서 하늘을 본다 그럴 때 하늘은 쪽빛블루다

한밤중 트럭의 짐칸에 실려 국경을 넘어온 난민들 살아
난 안도감도 잠시 퍼렁 멍투성이 하루하루가 전쟁이다 "나
는 더 이상 국가의 아가리에서 구출된 소중한 난민이 아닌
모양이 없는 이제 나는 하나의 사례였다"* 이국의 방공호를
찾아다니는 불법 체류자로 이민 정책이라는 말만 들어도
온몸에 소름처럼 번져오는 블루

심연의 동굴로 사라진 너를 달은 낮에도 깨어 지켜보고
있다 염색물에 무방비로 던져진 천조각처럼 너는 물들어갔
다 물들었다는 것은 영혼까지 번졌을 때 하는 말이다 아직
도 퍼렇게 버티고 있는데 살아낸다는 것은 블루가 점점 희
미해진다는 것 고요해진 너의 눈빛을 만난다

* 압둘라자크 구르나의 〈바닷가에서〉(문학동네, 2022) 108쪽에서 발췌.

나비잠

그녀가 잠마중을 나간다

놓쳐도 되는 생각들 속에서

혼잣말처럼 고요하고 평온하다

베갯잇에 수놓아진 꽃밭에서 채집한 향기는

철 지난 옷자락을 빠져나가 창가를 떠돌고

아직은 놓고 싶지 않은 글마름에

이슬 젖은 속눈썹이 바르르 떨린다

한 번 든 꽃을 찾아 헤매는 나비의 몸짓은

스스로를 가두는 그물이 되었다

조여드는 그물 속에선 방심이 최고라며

마음 길도 숱하게 잃고도 잘 살아냈는데

기억이 뭐 대수냐고 말보다 먼저 읽히는 표정

모른 체하던 그녀가 급기야 뜰망으로 국물을 퍼올리다

기억보다 먼저 기억을 놓아주기로 한다

더듬이가 아름다운 나비가 된 그녀

숲으로의 회상 여행에서 붙들고 싶은
순간이 있다는 듯 간절하게 두 팔을 쳐들고
아이처럼 나비잠에 든다 알츠하이머,
추억이 너무 많으면 날지 못한다는데
그녀가 자신의 마지막 문장마저 다 비워 낸
어느 봄날, 당신을 스쳐 날아가는
나비를 보거든 꽃처럼 웃어 주라고

연들은 다 어디로 갔을까

당길 수 있을 때 줄을 힘껏 당겨야 했다
너무 긴 시간의 대치는 돌아갈 길마저
날려 버릴 수 있다는 것 툭 끊겨진 연줄을 보고
망연자실했을 당신의 풀린 눈동자를 저녁 해가 수습한다
그것이 서른다섯 해를 연 날리다 그만둔
당신의 이력이다 이제는 팽팽하게 당겨진 연줄을 보고
섣부르게 입술의 온도로 가슴의 온도로 가늠하진 않는다
타성에 젖은 연날리기 앞에서 속까지 너덜너덜해진
웃음으로 끌려 다니던 연줄 같은 순간은
너무 위태로워 도저히 오래 붙들고 있을 수 없었다
놓을 수 있음도 사랑이라고 폼 잡다
끊어진 연줄에 감전되어 일어나지 못한 적 있다
손의 힘을 빼는 것이 연날리기의 기본기라던
바람의 말을 너무 믿었던 게 탈이었을까
연줄의 기울기보다 공중의 높이만 탐하다

힘 빠진 연날리기 절실함도 공기의 압력처럼

서서히 줄어들 때가 있을 거라고 쪼그라든 공처럼 웃어
본다

습관처럼 연줄 감고 풀어 주던 방심의 그늘 아래

다시는 연 날릴 일 없겠다 풀 죽어 돌아서는데

연줄은 날아간 연을 기억하지 않는다고

때아닌 봄바람이 당신을 획 감아올린다

나신裸身

바람의 갈옷을 벗어던진 꽃잎이 아스팔트 위에 던져졌다
아슬아슬하게 스쳐가는 발길에 뒤척이다 생채기를 입는다
연극은 끝났다 막이 내리고 당신은 분장을 지워버린 배우
처럼 "다 지난 일이다" 침묵의 미덕이 내 역할극인양 말한
다 백사장의 모래알처럼 당신의 손에 올려져 그 힘만으로
세상을 바라보던 때가 있었다

바다 중의 바다는 방관의 바다 증명하듯 타협의 바리게
이트 안에선 숨죽인 눈빛으로 바람 한 점 불지 않았다 도로
에 문신처럼 새겨질 꽃무늬 잠시 지상에 머물던 새의 발자
국처럼 고스란히 남아 있을 것이다 그 무늬에 시간은 어떤
색깔을 덧칠할 것인가 고심 끝에 진초록 이파릴 내미는 플
라타너스 굵은 몸통에선 단호한 울림이 들린다

"누가 허락 없이 꽃을 꺾었는가" 풍문의 알리바이가 권력

의 거대한 망을 흔들고 지나간다 안녕을 다짐하며 입고 다
니던 옷이 한마디 말로 무참히 벗겨질 때 삼류 통속물로 전
시된 예술의 젖은 눈에서 무엇을 읽고 가야 할까

　한 생애가 저리 투명할 수 있다면 봄은 다시 오지 않겠냐
고 던져진 꽃잎의 맨몸에 햇살이 드리워진다 벗은 몸이 흐
릿해진다 진실의 불구덩이 앞에 드러난 누군가의 치부에도
구름의 담요 한 장 필요치 않겠냐는 말 방백처럼 들렸다

코피노[*]

쉽게 던진 은밀한 말은

탁란 둥지 아래 절벽을 감추고 있었던 거야

뒤돌아본 얼굴에선 책받침 누르고 본뜬

어디서 본 듯한 판박이 무늬가 어른거렸어

마음 한 번 제대로 맞춘 적 없던

그 낡은 방 안 이국의 말이 서로 섞이고 있었던 거야

버리지 않아도 저절로 버려지는 마음 밖의 일은

빌려 쓴 이름처럼 마구 버려지고 있었지

공항의 라운지에 피켓 들고 서 있던

바나나 등피 같던 노란 원피스 차림의 널 보았지

그래 잊고 있었던 거야

이국의 노을에 너무 느슨해진 탓이었지

불투명한 미래는 개봉되지 않은 소포처럼

기다리고 있었고 불면에 지친 웃음을

열대 과일처럼 매달고 다니던 때였지

꾹 눌러쓴 모자 속에서 불안의 눈동자가

참을 수 없는 충동의 시간이 알을 슬고 있었던 거야

뒤집어 보지 않으면 모르고 지날

호주머니 속 같은 일이라 속단하고 있었지

하지만 두툼한 손등까지 닮은 코피노

그건 바람이 남긴 난해한 유전자 줄무늬였어

아무도 지워버릴 수 없는

• 한국 남자와 필리핀 여자 사이에 태어난 아이.

양서류의 피는 빨갛다

사내는 사고로 죽은 양서류의 피를 보았다
처음 본 붉은색이다 흘려들은 말이
더 깊이 박히는 거라고 수군거림 속에서 자라 온
사내는 난청이다 덜 여문 귀가 자라기 좋은 곳은 늪이다
늪의 생리란 삼키면 토해 놓지 않는데 있다고
종교처럼 빠져드는 일에 맨몸으로 먹을 갈았다
제대로 한 번 휘갈기지도 못한 묵음의 문장이
살면서 대책 없이 선명해지는 때 있다
그럴 때 늪에 토해 놓은 말들을 먹고 자란
음지 식물이 근질근질해진 입술을 치켜들고 있다
출생의 비밀이 혼곤한 잠을 흔들고
바람이 사내를 일으켜 세우다 지쳐 돌아갔다

수초가 불온한 상상으로 배를 부풀린 순간
돌이킬 수 없는 폭풍의 살 끝에서의 잉태를

양서류의 푸른 피라 여겼다

혈통에 대한 갈망은 거짓말의 서사처럼 자라 갔고
허기진 늪이 빨판처럼 사내를 끌어당겼다
자동차 엑셀을 밟아 대는 객기를 후려치는 빗속
양서류의 내장에 아프게 고여 있던 붉은 피를 보다
사내는 처음으로 자신의 피가 빨갛다는 것을 알았다
음지 식물에게 늪은 더 이상 늪이 아니다

흑성, 혹은 어떤 일

스스로 빛을 내지 못해 길 잃은 성운들

블랙홀처럼 빨아들여 삼켜버리는

그곳을 흑성, 혹은 검은 점의 세계라 부르자

시선 닿는 곳마다 소름처럼 서 있고

주변을 배회하다 불쑥 나타나기도 하는

스토커의 검은 그림자처럼 흑점은

눈 밑에서 집요하게 제자리를 지키고 있다

시선에 내쳐지고 세찬 손길에 피를 흘릴지언정

문어 빨판 같은 집착에는 무조건 단호해져야한다

영혼의 빛을 잠식하고 주저앉게 만드는

스토커에겐 무관심의 칼집에서 꺼낸

레이저의 칼날이 제격이다

뿌리까지 파낸 검은 점은 사라졌지만

이따금 상흔에 저절로 손길이 가는 때

있었는지조차 모른다는 듯

오랜만에 만난 누구도 흑점에 대해 묻지 않았다

가슴에 콱 박힌 그 어떤 일 같은

바다는 썰물 중

여자의 내부는 접시의 무늬를 닮아 있다
무언가 담기면 제 모습은 사라져 버리는

'짠한 속내를 흘리는 바람의 습격에 눈멀었죠'
비껴가지 못한 한 시절로 점점 배불러오는
꽃의 배후에선 북서풍이 불어오고
바다는 썰물로 잠행 중이다

백사장에 '접근금지' 푯말처럼 꽂혀 있는 여자
아무리 들여다봐도 속을 알 수 없는 바다를
너무 사랑하는 여자들*처럼 습관은
그럴듯한 이유로 생의 발뒤꿈치를 눌러 앉혔다
스스로 그어 놓은 빗금 안에 갇힌 채
엇갈린 사선의 한때 불꽃 튀던 접점만
바라보는 여자의 시간도 지쳐 가는데

봄의 잔등에선 꽃망울 터지는 소리가 한창이다

하지 않는 것과 하지 못하는 것 사이에서
꽃은 시들어 가고 목탄으로 그리는 세밀화처럼
여자를 그리려던 바다가 밑그림에서 잠들어 버리면
어느새 바다에 다시 와 있는 여자의 손에
꽃잎 같은 아이가 나풀나풀 매달려 있다

그려지지 않는 것은 스스로 채색하고 완성되는 걸까
흑백 사진에 고스란히 남은 기억의 향기처럼

* 로빈 노우드의 책 제목.

개기월식

샌드아트 공연을 보고 난 후처럼
어디선가 자꾸 모래 먼지가 날아들었다
웃음 속에도 모래가 섞여 어금니가 시큰거렸다
달빛을 삼키고 토해 놓지 못하는 오동나무 몸속에서
물 흐르는 소리가 났다 웃자라는 발톱을 위해
청소기를 돌리다 말고 손톱깎기를 찾아왔다

분화구 앞에선 사정거리 필수!
미처 소리치기 전 눈 속에 튀어든 발톱
갑자기 세상이 조용해졌다

브레이크 고장난 장난감 기차가
레일 위를 질주하다 망막에 검은 줄을 죽죽 그어갔다
해답 없는 퀴즈를 풀다 눈이 빨개진 토끼
출구 찾아 뱅뱅 돌아다니고

호흡을 잡아먹는 어둠이 삼키다 목에 걸린

인절미처럼 쩍쩍 달라붙었다

다시는 볼 수 없을 것 같은 달

핏발 선 생채기 고스란히 남은 달

달을 침몰시키고 남을 눈물을

다 비워내고서야 환해진 달

가끔 발톱은 눈 속에 튀어든 기억으로 웃자란다

생크림케익

센티먼털리즘의 독한 바람이 흔들면
생크림케익을 사러 오는 여자
'촛대는 필요 없어요
아무리 불을 밝혀도 밝힐 수 없는 것 있다죠'
말의 음표들이 라. 르. 고로 떨어지는
그녀의 눈 속엔 히말라야 만년설이 녹아내린다

그녀의 말은 발화의 입구가 막혀 버린
유리병에 담긴 녹지 않는 비타민이다
슬픔의 책갈피에 눌린 마른 잎이다
접혀있던 여자의 한 생生이 펼쳐지고
말의 퇴적층이 흘러내리면 생크림케익 앞에서
스프링클러가 되어가는 여자

휘돌아가는 핸드블라인더 칼날 속에서

상처로 핀 달콤한 웃음꽃 생크림은

검은 빵들의 시간을 흔들어 들쑤시는데

할 수 있는 일이라곤 생크림케익을 먹는 것뿐이다

뭉클거리는 크림이 목에 꺽, 하고 걸리면

마치 잊혀지지 않는 오래된 기억처럼

데인다는 말을 몰랐다

뭉쳐 있는 국화꽃 잎이 좌악− 펼쳐지는 걸
보는 즐거움에 자주 찻물을 끓였다
꽃잎의 몸짓이 뜨거운 물에 샤워한 후의
편안한 웃음으로 느껴졌다

시골로 향한 자동차 안에서였다
삼복더위에 이열치열이라고
펄펄 끓여 온 보온병의 찻물을 따르려다
그만 맨발의 발등에 부어버렸다
바닥에 떨어진 뚜껑을 주우려다 벌어진 일이다
놀라서 수습되지 않는 물줄기!
세상이 벌겋게 보이고 화끈거렸다
이리 심하게 데인 적 없어
데였다는 말 그리 쉽게 하고 살았을까
발등은 흉터를 남기지 않고 아물었지만

언 듯 스치기만 해도 스멀거린다

찻잔 속에 너무 뜨거운 물을 붓지 않는다
데인다는 것은 물의 온도도 마음으로
잴 수 있음을 알아가는 일이다

햇볕정원

새들도 햇볕정원에 집을 짓는 이유가
말하자면 천지 사방에 드는 빛 말고
자신만의 빛이 필요하다는 거지
빛의 정원에선 경계가 지워지지
구름 속에 갇혀 있던 낮달도 빛이 그리워지면
저리 얼굴 내밀고 한참을 머물다 가잖아

희미해진다는 것은 존재의 사라짐이 아니라
비로소 자신의 내부에 집중하는 것
그늘 속에만 숨어들다 도리어
군중 속에서 도드라져버린 거지

햇볕이 없는 곳에선
그림자도 제 무게에 겨워 드러눕고 말지
'쳇바퀴처럼 돌고 돌던 기억'*을 기억해?

버리고 싶은 것은 그늘 속에서만 기억되지
햇볕정원에서는 어떤 기록도 남아 있지 않지
그저 환해지는 거지
햇볕의 안부처럼

* 트라우마: 감정적인 사건에 대해 말할 수 없을 때, 그 일에 대해 곱씹거나 집착하는 경향.

3부
아직 물고기의 아가미는
선홍색이다

젖은 빵 말리기

그가 내게 젖은 빵을 보여 줬다

아직은 빵의 내부를 열어 볼 때가 아니라고

말하고 싶었는지 윗입술을 딸싹이다 만다

한 번도 제대로 확 부풀어 본 적 없는

찬물 속 누룩 같은 얼굴들에게

빵은 자잘한 인사말 정도는 건네야 한다는 건지

툭하면 짓물러진 귀퉁이로 짧게 인사한다

안녕! 그대의 빵은 안녕하신가?

구름의 빵틀을 벗어난 빵은

차마 돌아보지 못할 때에 사라져 버렸고

필요 없을 때에 다시 오려는 건지

하루 종일 뒤가 가려운 때 있다

그가 갔다 막일이라도 찾아봐야 한다고

한 바구니에 담겨져 덩달아 시큼해진

빵의 내부가 끊임없이 말을 걸어왔다는 걸
그의 너덜너덜해진 운동화를 보다 눈치챈다
우린 이제 따뜻한 공기층이 집을 짓는
발효의 한순간으로 다시 돌아갈 수 없는 걸까
주사위처럼 던져진 물음의 시간이 움직일 줄 모른다
안부 인사 묻지 않는 사람들 낮게 등 구부리고 사는
고시촌에서도 젖은 빵은 내부를 잘 보여 주지 않는다
"찢어 먹다 만 책갈피가 빵이 되는 거 봤니?"
누가 아무 데나 낙서해 놓았다

훔쳐지지 않는 생은 젖은 빵 속에 있다고
짓다 만 미분양 아파트를 위태하게 건너던 빗줄기가
안 그래도 시큼해지는 빵의 내부를 충동질하고 있다

롤러블레이드

거리의 새가 된 남자는
좌판을 배로 끌고 다니며 거리 재기를 한다
거리 재기는 닳아 가는 배꼽 밑에서 좀처럼
좁혀지지 않는다 타인과의 거리만큼이나

햇볕이 쨍한 날
지하도를 뛰어오르던 기억이 겨드랑이 사이로
불쑥 삐져나오면 노련한 광대처럼
웃음모자 속으로 잽싸게 집어넣을 줄도 안다
예술과 통속의 중간쯤에서
지나는 구둣발 사이로 반쪽 하늘을 보며
반주기에 노래를 매달아 쏘아 올린다
떨어지는 동전 소리가 소소한 지폐 소리로
바뀔 때마다 벌어지는 입가의 웃음을
집게로 맞물려 놓는다

난데없는 단속 그물에 놀란 비행 연습은

언젠가 공중으로 돌아가기 위한 실전 연습이라고

바퀴 달린 좌판을 끌고서 지상의 경계선을

벗어났다 되돌아오는 새의 고무 다리가

생의 입속에서 질기게 씹힐 때

노랫소리에 묻힌 진짜 날고 싶은

새의 울음소리는 아무도 듣지 못한다

카테리니, 카테리니

개찰구가 열리면 정지된 스크린 화면처럼
일제히 한곳으로 쏠려 있는 눈길들
행렬의 서막은 짧았고 막 비상하려던
새의 깃털 꺾이는 소리가 들렸다

플랫폼을 건너지 못한 주머니 속 열차표는
어느 환승역에서 구겨진 몸을 다시 펴는 걸까
'침묵은 다른 방식으로 펼친 주장이다'는
체 게바라 평전의 어느 문장처럼
침묵의 책 속에 가둬둔 문장이 있다

오답 노트의 벤 다이어그램 수학 공식처럼
당신을 남겨두고 떠난 기차는 앞만 보고 달렸다
시든 재스민 꽃잎이 바람을 탓하듯
바퀴에는 왜 모서리가 없는지

불친절한 음악은 아프지 않은 곳만 울리다 끝났다
사랑도 한낱 신기루라는 자막을 끝으로
시간을 호명하던 전광판 불빛마저 꺼져 버리고
어둠 속으로 사라진 이정표 앞에서
길 잃은 초승달 하얗게 떠 있던 간이역
카테리니행 기차는 8시에 떠나고*

* 미키스 테오도라키스의 곡 제목.

춤의 화법

꽃나무처럼 서 있던 당신 어디로 사라졌을까
이름을 호명한다 한들 귀를 갖지 못했으니
지나는 천둥소리도 무색하겠네
가닿을 수 있는 길은 지척인데
붉은 백리향도 간다는 백리길 가 보기도 전
꽃 지고 말겠네

손바닥을 서로 마주 대는 것이 입맞춤이라던
무도회의 로미오와 줄리엣의 대화처럼
꽃잎 한 장 날리는 거 보고도
서로임을 단숨에 알아본다면
천지가 꽃향기로 난분분하여 눈멀고야 말겠네

심미안을 가졌다는 당신 눈길은
지금 어느 박자를 따라가는 춤의 방향으로

한껏 기울어가고 있을지

봄은 잠자리 날개옷을 입고 휘돌아 가는데

엇갈린 박자로 당신 발의 뒤꿈치를 밟아

꽃봉오리 열리듯 닫힌 눈길 화들짝 열린다면

화르르 지는 벚꽃 속에 서 있겠네

허나 당신 봄은 늘 늦게 피는 꽃으로

조금은 쓸쓸하겠네

맛별 돋는 밤

소문난 입맛 찾아 몰려드는 발길들이

어둠 속에서 코가 낚였다

훅, 끼쳐 오는 비릿함이라니!

밥솥에 묵은쌀 곰곰 뜸들이다 곰소라는 말

곰삭았다는 말의 언저리 같아서 그윽해지는데

안개 속을 휘저어 가다 잘 발효된 바다 한 장

건져 내는 늦가을이었음 좋을 성싶은데

앞서던 생각이 큼큼한 비린내에 미끄러진다

파도가 물방울 숭숭 띄워 황석어 등허리에 새긴

민달무늬가 입맛 낚는 어르신들 혀 위에서

별이 된다는 걸 아직 모르는 소금 뿌려진

항아리 속 망둥어 같은데 바다를 떠나온 숨을 거두어

저리 항아리마다 그득히 가두어 두면

가는 뼈마디까지 고인 고집스러움 다 내려놓는 거라지

그때 켜켜이 쌓인 침묵의 빛깔

살살 들어내고 나면 환하게 들어앉는 맛별들
한 상 가득 올려 배불리 먹이고 등 떠민다는
곰소항, 커다란 항아리 속 소금 누대 위에
부식되지 않는 별이 무진장 뜬다

나비 날개에 스치다

시 창작으로 인한 늦은 취침이
늦잠으로 이어지는 딜레마로 멈춰진
다이어트 일지를 다시 쓰기 시작한 아침
간밤에 도로에 버려진 생활의 흔적을
운동화로 지워가는 즐거움에 조깅을 한다
빠른 호흡으로 도로를 읽어 내려간다
발등에 떨어지는 숨소리가 뒤로뒤로 밀려난다
무거운 몸은 바람 앞에서 얼마나 절실해지는가
생각의 포를 뜨며 정신없이 걷고 있는데
어깨를 스윽 스치고 지나는 나비 날개
꽃망울 터트리는 순간을 고요가 낚아채듯
몸이 나비 날개를 따라 훅! 들어올려진다
발끝에 모아지는 섬세한 공기의 질감이
부레처럼 부푼다

보라에스키스

프로방스의 세련과 촌스러움의 극과 극 사이에서 보라는 태어났다 "어떤 색도 다 받아들일 수 있어요" 평화주의자처럼 변방의 색을 다 받아들이고도 늪처럼 고요하다 보라는 자기로부터 벗어나 있을 때 자기다워진다 그러다가 혼자 있음에 아득해질 때 센티멘털한 청보라가 된다

회색을 품은 보라는 갈림길의 이정표 앞에 선 무정부주의자처럼 명료해진다 무언가 끼어들 수 있는 여백으로 창백하다 순교적이다 때론 어디로 튈지 모르는 공처럼 도발을 꿈꾸다 적보라로 주저앉는다 그러다 신비주의의 베일로 감싸고 "아무도 터치하지 마세요" 극도로 예민해진 연보라로 희미해진다

만지고 있어도 실감나지 않는 정신의 갈증 끝에 오는 색, 분홍을 벗어던진 중년의 비탈에도 보라는 온다 꽃이 떨어

져 나간 꽃받침의 거뭇거뭇해진 상흔에는 진보라로 빛나는
꽃의 일생이 있다 수다스럽지 않게 지는 꽃의 뒷모습에 보
라가 있다 사물과 사물의 생성과 소멸 그리고 색과 색의 아
슬아슬한 경계에 보라는 서 있다

거울보기*

"바라만 보세요"
나비 박물관 벽면에 붙은 문구처럼
꽃 앞에서 금 그어 놓고 잠들면
꽃 지는 건 한순간이다
막무가내 숨결에는 금세 부서질 것 같아
숨을 고르는 사이 꽃잎은
한 겹 더 얇아진다

꽃 앞에서 바라만 봐야 한다면
그것은 이미 꽃이 아니라는데
인적 드문 지리산 중턱에
시스루 차림의 양귀비꽃이
속눈썹 같은 꽃술을 모아 세운 채
아름다움도 도가 넘으면 찾는 이 없다고
고적한 긴 목을 젖혀 하늘을 올려다보는데

막 노고단을 넘어온 낮달이

움직일 줄 모른다

* 거울보기: 나르시시즘(자기애), 자기 자신에게 애착을 느끼는 심리.

하얀지문

돌아오기 위해 떠난다는 말이
지지대를 잃어버린 나사못처럼 흔들거린다
툭하면 길을 나서는 사내가 머무는 가게는
안개 속에서 커다란 방점처럼 찍혀 있다
한때 그토록 바꾸고 싶었던 간판의 상호는
바닥난 열정을 끝으로 붙박이별이 되어버렸다
그런 간판을 안개가 썼다 지웠다 할 뿐이다
새끼 때부터 키우던 점박이 개는
사내가 그나마 돌아오기 위한 구실이다
동네 사람들이 돌아가며 거둬 먹이는 점박이는
안개에 익숙해 있다 점박이는 가족을 대신할
소소한 숫자였던 것일까 안개에 길들여지면
언제든 떠날 거라는 눈치를 도드라지게 키웠다
안개가 흐드러진 밤이었을 것이다
길에서 우연히 마주친 사내의 옆얼굴에는

안개를 따라갔다 얻게 된 깊은 상흔이 있었다
사내가 언제 가게에 나타났다 사라지는지 모르지만
안개가 밖으로 내몬다는 것을 알 만한 사람은
다 안다 내려놓지 못하는 그 무엇 때문에
안개를 따라다닌다는 것도

견고한 마디

한고비를 넘길 때마다 생겨나는
굵은 마디의 몸통 속에서 푸른 바람이 울고 갔다

무엇이든 오래 품으면 몸의 일부가 되기도 한다지
밤마다 받아 마신 겹눈을 깨우는 이슬의 문장
듣지 않아도 저절로 들리는 말이 있다고
우두커니 있을 때에도 하늘의 창은 열려 있어
통점의 마디를 딛고 생겨나는 마디들
"우리 기억에 불을 붙이자"*
거침없는 보폭에 허공도 저만치 물러서고
바람의 측량이 시작되었다

초록 쪽창에 든 햇살로 인해 잠이 들었던가
겨드랑이를 일으켜 세우는 손길이
잎 날개를 달아주느라 별빛은 저리 쏟아졌을까

돌아보면 아득한 나락 아직 멈출 수 없음은

바람의 경전을 다 읽지 못한 탓이라 뼛속까지

바람을 품고 사는데 믿음의 씨앗은 땅에 심는 거라고

비 온 뒤 대차게 솟아난 죽순

하늘만 바라보고 살던 대나무 부족의 슬픔이

뭉뚝하게 자랐다 눈물 없이도

하늘을 볼 수 있게 되었을 때

* 주세페 베르디의 오페라, 〈나부코〉 중 〈히브리 노예들의 합창〉에서.

인화되지 않는 웃음

  맨발의 그녀가 걸음을 옮길 때마다 마당에선 패랭이꽃
터지는 소리가 들렸다 그녀의 입속에서도 주체할 수 없는
말의 꽃불이 번진다 걸음도 말도 어눌해진 그녀가 하려는
말은 딸에 관해서다 그녀의 말은 한쪽 지느러미를 잃고 느
리게 떠다니는 어항 속 물고기 같다 아무리 헤엄을 쳐도 제
자리인 물고기처럼 입천장을 때리던 혀는 금세 가라앉는다
환자를 돌보는 봉사에 몸을 혹사해 병을 얻었다는 목청이
좋아 노래를 잘 불렀다는 그녀의 눈에 패랭이꽃빛이 일렁
인다

  수년 전《가정과 건강》잡지의 인터뷰에 실린 그녀의 기
사와 가족사진을 보고 지금은 사돈지간이 된 분이 연락을
해 왔다고 한다 결국 마음에 드는 사윗감을 잡지를 통해 얻
게 되었다는 이야기인데 그 대목에서 갑자기 혀가 풀려 달
변이다 밀린 숙제를 다 마친 속 시원해진 모습의 그녀를 배

경으로 동네 어르신들이 기념사진을 찍기 위해 한곳으로 모였다 그때 한 분이 내가 연재하는 '시치유 에세이'에 사진이 나올지 모른다는 말을 했다 그러자 모두들 갑자기 뭐 볼일 있냐는 긴장의 무표정으로 바뀌는데 그녀만이 활짝 핀 패랭이꽃처럼 웃고 있다 그런데 아뿔싸! 나중에 보니 그녀의 웃음이 동영상으로 찍혔다

만인 옹기상

눈과 눈이 서로의 거울이던 시절
그때는 마음이 밝아 제대로 보였지만
거울이 생겨나면서부터 심연은
알 수 없는 거리감으로 더 어두워졌다
그래서였을까 경북 영주의 만인 옹기상
그 속의 낯익은 얼굴을 발견하고
어이쿠! 한 발 물러서 거울을 보면
유리면은 닦지 않아도 환해져 있다
모르는 이의 표정을 상상한다는 생각에
흙 주무르던 손길이 잠깐 떨리기도 했을라나
실수로 빚어진 것에도 담겨진 표정
얼마큼 웃어야 입꼬리가 저리 올라가는지
속으로 불만을 삭이다 점점 내려간 입꼬리
속내 들켜버린 순간마저 유쾌하다
아직 만들지 못한 살아갈 날의 인상도

옹기상 앞에 서면 거울처럼 다 보일지 몰라
뒤돌아서 가슴을 쓸어내리게 한다
처음 것을 버리고 다시 주무르는 진흙덩이처럼
더디 오는 인상 만들 시간은 충분하다고
인상은 거울 속이 아니라 마음에 있다는
옹기 장인의 덕담 돋을새김하는
참 햇살 좋은 아침

초록 물고기

사해로 흘러든 물고기로 사는 남자가 있다
남자는 가끔 한의대 편입 시험을 보다 정답이
뒤로 한 칸씩 밀려 마킹되어 있는 악몽을 꾼다
한 해를 소금기에 절여있다 또다시
시험장으로 향한 아침 난데없는 폭설이다
브레이크를 밟아가는 자동차 앞 유리창에
필사적으로 달라붙는 눈발을 블레이드로 밀쳐내다
자화상 같은 풍경에 눈앞이 흐릿해진다
나이 먹어가는 꿈의 등줄기에 식은땀 난다
시간은 입에 문 사탕처럼 녹아드는데
함박눈에 정신 팔린 자동차는 움직일 줄 모른다
복통이 슬슬 밀려오고 아가미를 짓눌러오는
목까지 올린 점퍼지퍼를 확 끌어 내리는데
나도 한철이라며 속 모르는 눈발이 참견이다
시한부 인공부레를 단 물고기처럼 헐떡이는 찰나

먹구름을 밀치고 나타난 햇볕이 겨우 길을 낸다
지느러미를 잘라두고 온 시험장의 깊은 늪 기억하는
자동차가 눈밭을 배불리 받아먹고 달리기 시작한다
아직 물고기의 아가미는 선홍색이다

디지털 상상력

첨단의 사고를 위해 생식은 하지 않아요
양전과 음전으로만 익혀 먹어요
언제든 꺼내 쓸 수 있는 압축 파일을 쓰지요
방전의 해일에 끄떡없는 백만 볼트의 힘을 위해
언제나 플러그인 하고 있지요 그러다 어느 땐
퓨즈 나간 전열 기구처럼 멍하니 놓여 있죠
날아다니는 손가락의 비명 소리를 들어요
숫자만을 편식하는 디지털 도어 앞에서
갑자기 머릿속이 하얘져요
길 잃은 아이처럼 피부 속까지 빨개져요
반전 없는 드라마처럼 질질 늘어지는
잠에서 깨어나면 숫자들이 웃고 있어요
속내를 들킨 것 같아 그 많은 전선줄 감추고도
감쪽같은 벽처럼 입 닫고 살아요
밤낮 숫자 연습을 하다 아무 때나

탁! 켜지는 스위치가 되어 가요

가로등이 수상하다

가로등이 일일이 챙기던

골목의 대소사를 깜박할 때가 있다

익숙한 이웃들은 별일 아니라며

흐릿한 불빛 아래서 제 갈 길을 잘도 간다

훤한 대낮에도 찾지 못하는 게 널린 세상이라고

함께한 세월의 무게 외면하지 않는다

골목에 들어선 불안한 낯빛의 외지인이

태클을 걸어 한바탕 소동이 일어난 적 있지만

부풀었다 가라앉는 건 비닐봉지 속의 바람일 뿐이다

구십 퍼센트 확률을 자랑한다는

컴퓨터 결혼상담소 못지않게

가로등은 올봄 두 쌍의 결혼을 성사시켰다

중매쟁이의 두둑한 사례로 혹시나

눈 밝은 새 전구는 절대 사절이시압!
전봇대에 푯말을 붙이고서
노련한 가로등이 불빛을 은근히 낮춰 가며
깜빡깜빡 골목길의 연애사를 쓰고 있다

반달로 뜬 추석

중국에나 일본에도 없다는
한자어 식혜食醯만 보면 떠오르는 일이 있다
초등학교 시기의 추석 전날
부엌에서 스멀스멀 빠져나오는
부침개 냄새를 나팔바지로 쓸고 다니다
어머니 잠깐 볼일 보러 간 사이
구정물인 줄 알고 스텐 함지박의 물을
개수대에 버려주었다 자전거로 동네 한 바퀴
신바람 나 부엌 문지방을 막 넘는데
이런저런! 식혜 담그려 엿기름 우려낸 물
누가 버렸냐고 꽹과리 징 소리에
육자배기로 온 집안이 들썩인다
"하이고! 참말로 얌잔허게 생겨가꼬 저지레허네"
어머니의 질책을 피해 숨어든 뒤란 툇마루
대바구니에 담긴 꼬들꼬들한 모싯잎 송편을

식혜도 없이 꾸역꾸역 입에 밀어 넣는데

참깨송편소가 눈치도 없이

입 안에서 더없이 고소해져 갔다

긴 통화는 암호다

잦은 통화가 소통의 부재가 아니라면
빗속에선 목마르지 않다는 것과 같다
전화벨 소리가 집 나간 마음을 불러들인다
당신은 낯선 나라 창고에서 잠든 말 깨워
밥 먹이고 싶어 조급한 사람처럼
전화통을 붙들고 다-다-다 말을 쏟아 낸다
금방 떠나갈 사람 붙잡고 얘기하던 부둣가
뱃고동 소리 뚜- 하고 울렸던가
통화 중 대기 귀로 꾹 눌러 가며 쏟아 내는
말의 탄환들로 귀가 멍멍하다
후 불면 날아갈 말의 껍질이 난무하다
정보의 포화로 다운된 컴퓨터 화면처럼
정작 할 말은 무의식 속으로 가라앉고
그럴 때 당신은 말머리 뚝 잘라먹고
침묵의 해진 목 쓰다듬다 뜬금없이

집 나간 뒷집 강아지 얘기로 핏대 올린다

그러다 갑자기 목울대 치밀어 오르는 말 있다는 듯

묵은 감정 들추다 스파크 터져 충돌한다

변죽만 울리다 끝나는 말의 행각들

당신이 알아챈 순간

그러니까 긴 통화는 암호다

4부
달에 간 널 보려고
시를 읽었다

조등弔燈

그녀의 창문은 보름째 어두워져 있다

바람의 사유가 창문을 덜커덩 건드리고 갔다

주변을 물들이는 노을의 궁금증이
벽에 기대선 낙서에 한참을 머물다 사라졌다

보다 못한 벚꽃이 탁! 불을 켰다

봄날이다, 아무도 찾아오지 않는

밥나무

시나리오 작가*의 죽음이 배달되어 왔다
의문으로 봉인된 신문 활자 속에 이름이 선명하다
시를 퇴고하다 주체할 수 없는 허기로
냉장고를 뒤지고 있을 때였다
아— 벌린 입을 다물 새도 없이 쏟아진
그녀가 보낸 허기를 받아 적을 낱말이 없다
창피함으로 덮어쓴 밥과 김치를 구하는 쪽지는
대문에 매달려 얼마나 오래 비명처럼 펄럭였을까
그것이 자신을 가두는 굴이 될 것을 모른 채
문장의 깊은 굴을 팠을 것이다
밥이 될 것이라 여기는 글들이 절명의 순간까지
배 속을 텅텅 울리고 있었을 것이다
글을 쓰는 절실함이 밥 한 그릇도 되지 못한
웃어주지 않는 세상을 향한 그녀의 유머필살기
멈출 수가 없었을 것이다 밥맛의 깊이에

목숨 걸지 않는 인스턴트 밥의 노래에 헛배 부른 저녁

그녀는 어디서 밥나무를 키우고 있을지 모를 일이다

한 그릇의 밥도 되어 주지 못한 그녀의 문장이

자기 밥그릇은 자기가 책임 운운하는

사람의 입속에서 너무 추워 보였다

* 최고은: 2011년, 생활고와 지병에 시달리다 사망한 시나리오 작가. 당시 32세
였다. 그 계기로 예술인 복지법, 일명 '최고은 법'이 제정되었다.

장미와 미라

장미는 화병의 물속에서도 입술이 하얗게 말라간다
조바심의 물을 스프레이해 준다
물방울이 장미의 숨을 적시지 못하고 흘러내리는 사이
장미는 물속에 둔 몸을 벗어나 공중을 배회하다
무거운 향기로 내려앉는다 장미라는 이름은
가시 속에도 살고 있지만 가시보다 먼저 시드는
꽃잎 그 어디쯤에 있다 매혹은 이파리까지 밀려나 있고
꽃을 놓지 못하는 대궁만 시퍼렇게 견디고 있다
저 견딤에 물 갈아 줄 수 없음은
전시실의 미라가 된 이집트 왕녀 때문이다

왕궁의 호위병처럼 둘러 선 조명등 아래
온몸을 훑고 지나는 관람객들의 눈길 속에서
숨어 잠들지 못한 그녀의 눈 밑 그늘이 짙었다
미라에게 죽음의 무게란 농담처럼 가벼운 법

진흙의 분장과 바람의 대사를 읊조리지 못하는
그녀의 죽어지는 연기는 아직도 끝나지 않았다
포르말린의 치마를 벗어던지고 어딘가로 달려가려던
기억의 한 컷이 미라의 표정 속에 또렷했다

화병 속 장미의 웃음은 사라진지 오래인데
시든 꽃잎은 물방울 속에서도 빠져나오지 못하고
치사량의 장미 꽃잎을 먹은 젊은 연인들처럼
황금빛 덧칠한 욕망은 미라를 붙들고
불 꺼진 어둠 속에서 끈질기게 번쩍였다

검정의 페르소나*

　빛을 뚫고 나오려는 찰나 멈춰진, 연마의 칼날에 영원히
빛에 갇혀버린 천연석 블랙 스피넬 그래서 얻어진 무대의
스포트라이트 같은 광학은 슬픔의 세리머니 래퍼의 중저음
처럼 따라다니는 빛의 구설이 들리는 듯하다

　"검정은 다른 모든 색을 요약하고 소진시켜버린다"**언젠
가 무슨 색 좋아하세요? 감정을 묻는 질문인 걸 모르는 당
신이 모호한 눈빛으로 먼 곳을 바라보았다 그토록 끼어들고
싶어 하던 무리가 검정이었다니! 그때 당신이 꺼내 든 검정
페르소나 밤의 여왕이 부르는 아리아처럼 드라마틱하다

　자신이 소멸되는지도 모른 채 빌려 온 편안함으로 자궁
속 태아처럼 아늑했을까 버리지 못하고 간직한 배냇저고리
처럼 따라다니는 페르소나 삶은 연극 대사처럼 흘러갈지라
도 언젠가는 무대에서 내려와야 된다는 것 잊어버린 채 당

신은 무대 위에서 어쩔 줄 몰라 한다 불현듯 찾아온 죽음
앞에서 벗겨진 페르소나 누굴 위해 울어 줄 것인가

* 심리학 용어로 가면.
** 화가 앙리 마티스.

시바를 만나다

수족관에 미란다 금붕어 한 쌍을 키웠다
아니 어느새 주인 몰래 사랑을 나누었나
산란으로 물속이 온통 뿌옇다 금붕어를 사랑한
소설 속 엉터리 탐정처럼 허둥거리다
수족관 청소 후 알들로 범벅이 된
금붕어도 샤워기로 씻어 주었다

강아지 오줌도 개미에겐 폭포수였는지
외출했다 돌아오니 금붕어가 배영을 하고 있다
물고기는 일생에 한 번 배영을 한다는 걸
천둥처럼 알아챘지만 때는 이미 늦었다
둥둥 떠 있는 금붕어 옆에 쪼그리고 앉았는데
겨우 초등학교 2학년을 살다 간
홀로 지켜본 언니의 죽음이 오버랩되었다

다시 오지 않을 금붕어의 봄을

강물에 흘려보내 주고 돌아오던 그해처럼

비릿한 바람이 코털을 일으켜 세우는 때

인사동 조각 전시장에서 유리 상자에 엎드려 있는

금붕어 시바*를 본 순간 쿵! 내려앉은

심장 속으로 뭔가 따뜻한 게 흘러들어 왔다

그날 밤 버려진 기억의 수족관 옆에

오래 앉아 있었다

* 최원석 조각가의 작품명.

비밀

"모든 길은 로마로 통한다"는
속담도 있지만 시를 배우는 일만큼은
내게 꼭 맞는 길을 찾고 싶었다
문예지(시안)의 원서헌에서 시 창작 교실을
운영한다는 정보를 듣고 전화를 했다
오탁번 선생님이 받으셨다
한석봉 글 배우듯 정성스러워야겠지만
아무래도 제천까진 서울에 있으면 좋겠다며
에둘러 한참을 통화했다 그 후 언 땅에 새순 돋듯
서울 왕십리에 시 창작 교실이 생겼다
마음은 굴뚝같았지만 하던 일이 발목 잡았다
서점에서 본 문예지에 알음알음 등단 금지!
오직 시만 보고 뽑는다는 시안의 정신에 꽂혀
까막눈에 보름달 차오르듯 십 년 습작 후
2011년 9월 원서문학관에서 신인상을 받았다

수상식 끝나고 점심시간이 무르익을 무렵

큰 느티나무를 지나던 오 선생님

"유지인 시인 오늘 첨 봤다고"

인사차 옆에 계신 문 선생님을 향해

바람샷을 날렸다 그 순간 나는

화들짝 목소릴 감추었다

남겨진 말은 무럭무럭 자란다

　말에도 생육기가 있다 듣고 난 후 자라가는 말이 있고 이미 다 자라 담기에 벅찬 말도 있다 팔순을 넘긴 오탁번 선생님 안부가 슬슬 걱정되었다 코로나 팬데믹으로 많은 것들이 나중으로 밀려났다 카톡으로 안부 겸 새해 인사를 드렸다

　"나는 노을 앞에 선 노약자라 못 이룬 꿈 다 접고 그냥저냥 지내오 유지인아, 건강한 영혼으로 좋은 글 부지런히 쓰면서 문학의 난바다에 우뚝 선 시인으로 나서기 바라오 원서노인이 문득 감회를 몇 자 적노라"

　답장 받은 후 2월 14일 갑자기 부고가 날아왔다 그 당시 이미 투병 중이었다는 건데 미래를 꿈꾸는 말과 마지막일지 모르는 말을 하는 심정이 만나 왈츠의 스텝을 밟는다면 그건 멈출 수 없는 슬픔의 폴로네이즈! 미뤄 둔 말은 갈 곳

을 잃었다 소설 〈백년의 고독〉을 좋아하시더니 세 살 때 부
친을 여의고 살아낸 80년의 고독 앞세워 바람인양 떠나셨
다

　새로운 시상 앞에서 폭풍처럼 기뻐하던 선생님에게 시는
아르키메데스의 일화 속 유레카였을까 열정의 활화산 다
태우고 무엇이 남았기에 투병 중에도 시를 놓지 않았다 한
다 이제 달력에 없는 계절인 선생님의 시를 바람에 연주되
는 하프의 선율로 듣고 싶은 밤 남겨진 말은 나무의 겨울눈
처럼 내 시 속에서 살아 있을 것이다

카레엔 인도가 없다

맨밥에 노란 담요 한 장 덮여진다

금세 춥다는 실감이 사라진 카레라이스를

비비다 말고 무심코 TV를 보는데

인도의 갠지스강가에서 장례 행렬이

주검을 불태우며 가고 있다

울음 대신 들려오는 유가족의 노랫소리가 생소하다

망자의 얼굴을 어린 새의 솜털로 쓸어 준다

좀처럼 수습되지 않는 망자의 흔적들이

불티처럼 날아다니고 주인 잃은 운동화가

불길 속에서 편안히 돌아눕는다

갠지스강가에선 산 자와 죽은 자의 거리가 지척이다

한발 늦게 도착한 바람이 불길 속으로 달려든다

툭! 꺾인 이생의 숨이 몹시도 가볍다

장례 행렬을 따라 정신없이 배회하는데

"회사 출근 안 하느냐"는

귀청을 때리는 아내의 채근에 놀라
아침 햇살 같은 카레라이스를 먹는다
회사에서 감원 계획을 통보 받은
주검을 태우기에 딱 좋은, 건조한 날에

셀룰러 메모리*

건너야 할 때를 일러 주는 초록신호등처럼
삶이 좀 친절했으면 좋겠다고
횡단보도 앞에서 중얼거리다 마주친 눈빛!
그 눈빛을 따라붙다 붉은 신호등 밖으로 튕겨진다
하! 너는 이미 세상을 떠난 지 오래인데
나무 뽑혀 나간 휑한 구덩이에
무엇을 다시 심을 수 있단 말인가
때맞춰 보내오는 공복의 신호는
살아남은 자를 위한 알람벨이라고
너는 발밑의 축구공 굴리듯 말한 적 있다
그날의 포르말린 속 너의 눈동자는
날마다 이식받은 자의 아침을 꿈꾸는데
나는 구근을 떼어 낸 감자의 몸처럼
씨눈 떠난 자리에 헛된 기대를 품다 짓물러 간다
길 떠나는 눈빛이 머문다는 기억의 회전바다

철썩! 내리치는 파도에 잠 깨어난

나를 흔들어대는 너의 눈빛은

옛몸을 잠시라도 그리워나 할까

* 장기기억세포장치: 이식받은 장기에 기증자의 세포기억이 그대로 남아 있는
상태.

소실점

페달을 밟아야 나올 수 있는

풍금 속에 갇힌 소리처럼

문장이 불러 주지 않아 제 소리를 잃고

사라진 점 하나 있다

아래ㅡ아(.)*

말줄임표가 잘라먹은 낱말처럼

카메라 렌즈를 벗어난 피사체처럼

그렇게 문장의 행간을 서성이다 사라졌을 것이다

소라껍질의 둥근 나사골목에 잠들어 있던

파도 소리 쏴아 허공을 치고 휘돌아 나올 때

문장 밖에서 떨고 있는 점 하나를 만난다

검은 점의 침묵이 꼬리를 물고 이어지다

어디쯤에서 뚝 끊겨버렸는지

문득 그 안부가 궁금해지는 것은

마음을 대신할 단어를 찾아 속 태울 때이다

건너지 못하는 강을 앞에 두고

뗏목 같은 검은 점 하나 문장에

꾹 눌러 찍고 싶은 날 있는 것이다

* 'ㅏ'와 'ㅡ'의 중간 정도로 발음되는 글자. 1933년, 〈한글 맞춤법〉 통일안 규정
으로 사라졌다

단단한 집

진흙 펄에 지어 놓은 집 한 채

들고나는 일마저 눈 밝혀야 하는 곳에서

쉽게 꺾이지 않는 깃대 하나 얻고자 했다

살림살이 자리잡아 가듯 까만 씨앗 하나둘 들어찼다

세찬 빗줄기가 허술한 지붕을 타고 흘러내리다

누수된 한순간을 대신 울어 주기도 했지만

계절의 끝까지 더없이 아늑했다

까만 씨앗 들어찬 어두운 집을

여름을 지나온 연잎이 햇볕이 건너올

다리가 되어 주었다 창가에 머물다 써 내려간

익. 어. 간. 다는 말 점점 또렷해져 왔다

장대비 앞에도 난파되지 않을 거라 믿었던 집

뿌리내리고 살 만하니 겨우 한철을 살다

강제 철거된 연밥의 집

홀로 남겨진 한 알의 까만 씨앗 되어

앞이 보이지 않는 세상 진흙 펄을 건너야 할 때

그 연밥의 집을 오래 떠올려 본다

설익은 예감

"큰 병원 가서 다시 검사 받아 보세요"
대학병원에서 불에 달군 젓가락 같은 호스로
장 속을 휘젓고 다니는 장내시경을 받았다
한 번도 들여다본 적 없는 내장을
남의 눈을 통해 보는 것이라니!
잠 못 자고 늦깎이 공부 하느라
환장換腸할 일이 그리 많았나?
통증의 스라소니 앞에서 오금이 다 저린다
동의도 없이 죽 늘어선 실습생들 들으라는 듯
교수가 호명한다 하나, 두울, 셋 폴립의 숫자라 했다
조직 검사는 검사 결과 보고 나서 할 거라며
암과 관련한 가족력 등 몇 가지 질문지
작성하고서 다음 예약 날짜에 오라 했다
꽃도 지기 서럽다는 아직 삼십 대 후반인데
돌아오는 내내 정리라는 말이 머릿속을 맴돌았다

조금은 각오한 마음으로 결과를 보러 간 날
담당 의사는 장이 헐어서 나온 출혈이네요
너무도 담담히 말한다 허탈해져 걸어 나온
병원 뜰 앞 목련꽃이 자지러지게 웃고 있었다

이별 아닌 이별

풍경도 기울어 서녘이 되는 때가 있다

한곳밖엔 바라볼 줄 모르는
땡볕 아래 서 있는 해바라기의 고개를
누가 돌려놓을 수 있을까
당신은 지금 해바라기 씨앗처럼
속이 까맣게 타들어가는 중이다

놓지 못하는 손과 놓고 싶은 손
어느 쪽이 더 힘들까
생각하다 하루해가 저물고

도로에 홀로 남은 낙엽 하나
그것이 이별 아닌 이별이었음을
알 수 있는 날은 생의 뒤편에 있어

고개 돌리지 못하는 해바라기와

당신은 가을 별자리 페가수스

사각의 틀 속에 갇혀있다

바람과 안개의 '내부'를 투시하는 이중의 심미안

김수이(문학평론가)

시집 속에 잠들어 있는 시를 깨울 때이다
—〈푸른 시의 연인들〉 중에서

고개 돌렸지만 시집 속에서 시를 찾지 말라고
이미 나무 그늘을 한참이나 벗어난 뒤였다
—〈목련나무 교실〉 중에서

1. 바람의 흔적 – 모든 예술과 무의 예술 사이

""모든 길은 로마로 통한다"는/속담도 있지만 시를 배우는 일만큼은/내게 꼭 맞는 길을 찾고 싶었다"(〈비밀〉). 첫 시집을 묶으며 유지인은 자신의 시의 출발점을 이렇게 회상한다. 확고한 신념대로 시 쓰기의 자유롭고도 좁은 길을 찾은 유지인은 2011년 《시안》 신인상에 시 〈너무나 가벼운, 담론〉 외 4편이 당선되며 시인으로 데뷔한다. 등단작 중 하나인 〈연들은 다 어디로 갔을까〉에서 유지인은, "연줄의 기울기보다 공중의 높이만 탐하다/힘 빠진 연날리기"에 "풀 죽어 돌아서는" '당신'에게 예측 불허의 희망과 새로운 삶을 품은 힘센 '봄바람'을 선물한다. "연줄

137

은 날아간 연을 기억하지 않는다고/때아닌 봄바람이 당신을 휙 감아올린다". '당신'이 연줄의 기울기보다 연의 높이만 탐하다 주저앉은 '연날리기'는 세상의 온갖 인연살이를 함축하며, "때아닌 봄바람"은 인간의 의지를 넘어선 운명이나 섭리를 상징한다. 짐작건대, 인생의 중반기에 접어들며 삶의 피로와 무력감에 젖어 있던 유지인을 "휙 감아올"려 다시 공중으로 날아오르게 한 "때아닌 봄바람"은 바로 '시'였음에 분명하다.

등단 후 12년 만에 펴내는 첫 시집에서 유지인은 예술(시)의 본질을 유심히, 더불어 무심히 탐구한다. 예술이란 무엇인가. 누구도 완벽하게 답할 수 없는 이 질문을 계속해야 하는 이유는 예술이 지닌 활짝 열린 개방성과 새로운 창조의 생명력에 있다. 예술은 하나의 질문에 무수한 대답이 연결되는 방식을 통해 유한한 인간의 삶 속에 무한한 탐색의 길을 열어 놓는다. 이 점에서 예술은 인간을 비롯한 모든 존재의 고유성과 독자성, 대체 불가능성을 인정하고 보장하는 거대한 우주와 같다. 다시 말해 예술의 실체를 찾고 의미를 만들어 가는 과정은 끝이 없으며, 누구에게나 평등하게 한계 없이 펼쳐져 있다. 그런데 예술의 규정 불가능성과 무한 개방성은 새로운 시도와 독창적인 실험을 추동하는 에너지가 되는 한편, 간혹 예술을 신비화하거나 텅 빈 공백으로 귀결시키는 조건으로 전유되기도 한다. 유지인은 예술의 규정 불가능성과 무한 개방성을 어떻게 해석할 것인가의 문제를 실체 없는 '바람'의 이미지를 통해 다룬다. 유지인

은 주로 1부에 편성한 '바람'에 관한 시들에서 '무'와 '무위'로서
의 예술적 실험에 대한 긍정과 부정, 공감과 이견 등의 양가적
관점을 형상화한다. 그녀는 구체적인 작품과 전시 형태를 예로
든다. 가령, 어느 전람회에 걸린 '바람이 다녀간 흔적'이라는 그
림에는 "육안으로 볼 수 있는 아무것도 그려지지 않았"(〈아트페
어〉)고, 바람의 정체성과 이름을 내세운 '바람미술관'*에는 심지
어 "그림 한 점 걸려 있지 않다". 단, 여기서 "그림 한 점 걸려
있지 않"은 '바람미술관'의 전시 형태는 '바람미술관'의 지향성
을 반영한 유지인의 시적 연출이라고 볼 수 있다.

> 그림 한 점 걸려 있지 않다
>
> (……)
>
> 느낌의 실체를 만나러 왔다던 너는
>
> 문틈에 옷자락을 남겨두고 돌아갔다
>
> 바람의 방백을 듣고 간 게 분명하다고
>
> 한동안 연락하지 않는 너의 침묵이 배달되어 왔다
>
> 느낌으로 알 수 없는 것은
>
> 다 실체의 옷을 벗은 추운 몸뚱이 같은 거라고
>
> 가닿지 못하는 바다 끝을 바라보다 주워 든

---

* 제주도 서귀포에 있는 '바람미술관'의 공식 명칭은 '유동룡미술관', '이타미 준
뮤지엄(ITAMI JUN MUSEUM)', '유동룡 이타미 준 미술관' 등 복수(複數) 형태
로 쓰이고 있다

낡은 소라껍질 속에서

바람의 생각은 점점 골똘해져 갔다

— 〈바람미술관〉 부분

  예술의 감식안이란 보이지 않는 '바람'을 볼 수 있는 능력과
같은 것이(어야 하)며, 예술의 궁극적인 실체는 '무'와 '무위'와
'침묵'의 형태로밖에는 표현될 수 없는 것일까? 바람의 자취를
그린 백지(의 그림)인 '바람이 다녀간 흔적', 자연의 바람을 그대
로 전시하고 직접 느끼게 하는 '바람미술관'은 바람=예술의 규
정 불가능성을 낯선 방식으로 환기하는 점에서 예술적 의의를
지닌다. '바람'을 '무'와 '무위'로 표현하는 방법, 즉 아무것도 그
리지 않거나 전시하지 않는 기획은 그 자체로 신선하고 도발적
이며 파격적이다. 하지만 이는 자칫 인간이 창조한 예술의 본
질을 인간이 알 수 없고 재현할 수 없는 것으로 상정하면서, 예
술 불가(지)론이나 예술의 막연한 신비화를 초래할 위험이 있
다. "점점 골똘해"지는 "바람의 생각"(〈바람미술관〉) 속에서 유
지인은 "무언가 담기면 제 모습은 사라져 버리는"(〈바다는 썰물
중〉) '접시'와 같은 존재와 삶의 내부를, 오류와 실패를 감수하면
서 언어화하는 쪽을 택한다. 그녀가 보기에, 예술은 흠 없는 완
전한 결과물이 아니라, 불완전한 인간이 불완전한 시도를 계속
해 나가는 끝없는 가능성의 장(場)이다. 유지인은 자신이 "얼룩

말의 진짜 무늬"(《착시》)를 볼 수 없는 '착시'와 "서로를 보고 있어도 보지 못하는/눈먼 바라봄"에 갇혀 있다고 해도, 이 오류와 한계를 끊임없이 각성하며 이탈해 나가는 일이 중요하다고 믿는다. 말하자면 유지인에게 예술은, 시는 끝낼 수 없는 '혼란'과 '추측'과 '의혹'과 '미망'을 끌어안은 채(유지인은 이를 '안개'로 이미지화하는데, 이는 다음 장에서 다루기로 한다.), "엑스레이 섬광처럼 심연을 투과하는/갈라파고스의 눈길 앞에서/도무지 숨을 곳이 없"(《침묵에 눌린 건반의 입술》)는 처지로 자신을 계속 밀어 넣으면서 앞으로 나아가는 역설적인 일이라고 할 수 있다.

초원을 달리던 얼룩말의 줄무늬가
바람에 씻기어 순간 사라졌던가?
그때 본 것은 바람의 내부였던가?

얼룩말이 지닌 무늬의 혼란스러움이
감춰진 내부의 진의를 볼 수 없게 한다는 것
그래서 시간의 절반은 밤으로 이루어졌다

추측이라든가
의혹이라든가
그런 추상적인 감정의 꺼풀을 벗어난
얼룩말의 진짜 무늬는 무엇이었을까

— 〈착시〉 부분

서로를 보고 있어도 보지 못하는

눈먼 바라봄은 부재중인 것을 향한 미망未忘

엑스레이 섬광처럼 심연을 투과하는

갈라파고스의 눈길 앞에서

도무지 숨을 곳이 없다

— 〈침묵에 눌린 건반의 입술〉 부분

2. 안개를 투과 혹은 통과하는 심미안

유지인의 시에서 '안개'는 끊임없이 유동하는 존재와 삶의 모
호한 복잡성, 멈추지 않고 열리는 예술의 모든 가능성을 상징한
다. 안개는 유지인이 도달하기를 원하는 삶과 세계, 예술의 본
질을 의미하는 '내부'를 이미지화한 것이기도 하다. 독특하게
도 유지인은 안개를 극복의 대상이자 생산적인 계기로서 이중
의 시선으로 파악한다. 세계의 실상을 은폐하는 안개의 불투명
성을 직시하면서도, 동시에 그것을 인간이 성장하고 예술을 창
조할 수 있는 '깊이'의 생성과 보존이라는 측면에서 바라보는 것
이다. 유지인은 모든 것을 희미하게 비가시적으로 만들어 버리
는 안개가 바로 그 이유로 인해 시인이 관찰하고 탐색하도록 만

든다는 점에 주목한다. 안개의 불투명성과 은폐성은 실제로는 빈약하고 얄팍할 수도 있는 삶과 세계에 깊이를 부여하며, 삶과 세계의 전모를 감춤으로써 역설적이게도 인간으로 하여금 새로운 발견과 모험을 가능하게 한다. 유지인에게 이는 삶의 작업이자 예술(시)의 작업을 의미하며, 따라서 그녀의 시에서 '안개'는 삶의 방법론이자 시의 창작 방법론을 구성하는 핵심어의 역할을 한다. 이를 뒷받침하듯, 안개를 노래한 시들에서 유지인은 어떻게 시를 쓸 것인가를 고민하면서 어떻게 살 것인가의 문제를 아우른다.

"모나리자의 눈썹은 우리가 보지 못하는 그 무엇이다"

청맹青盲과니를 위해 안개가 출사표를 던졌다
주파수가 없는 안개 속에선
감각의 촉수를 긴 안테나처럼 뽑고
경계선이 모호한 천을 박음질하는
재봉틀 바늘마냥 무작정 달려 나가야 한다

말의 애드리브나 즉흥 연주의 베리에이션처럼
시를 쓰다 불쑥 튀어나오는 의미도 기억도 생소한
단어를 만날 때 있다 노파심에 사전을 뒤적이면
쓰던 시에 영락없는 퍼즐의 한 조각이다

신명이 오른 문장이 문장을 불러오는 순간이다

안개 속에서 무수히 타종되었던 바람의 문장은
궂은날 눈만 흘리다 금세 사라지는 여우별이거나
의식의 창을 가린 검은 조각의 매지구름이거나
깨어나 메모장 찾다 다시 든 그루잠 속에서
번개처럼 잡아챈 시의 나비 날개다

안개 장마당에서도 시의 눈속임을 하는
야바위꾼을 만날 수 있다 절벽은 어디에나 있다
그럴 땐 감각의 집어등을 밝히고 허밍,
몰입으로 숨죽인 뱃고동 소리가 더 멀리 간다
아사시한 안개 스토리가 이어지는 곳에서
안개를 먹고 자라난 사물 아이의 눈은
웅숭그레 깊어져 있다

— 〈안개가 잎을 키웠다〉 전문

　안개 속에서 눈 뜬 맹인인 "청맹青盲과니"는 "눈속임"과 "절벽"
의 위험이 어디에나 있을 수 있음을 헤아리는 동시에, "감각의
촉수를 긴 안테나처럼 뽑고/경계선이 모호한 천을 박음질하는/
재봉틀 바늘마냥 무작정 달려 나가야 한다". 조심스럽고도 무모

(할 정도로 용감)한 유지인의 '안개 돌파술'로서의 시 쓰기는 섬세한 집중력, 예측할 수 없는 즉흥성, 꼭 필요한 시어를 찾는 적확성 등이 불현듯 조응하는 방식으로 전개된다. 안개 속에서 "시의 눈속임을 하는/야바위꾼"이나 "절벽"을 만날 때는 "감각의 집어등을 밝히고 허밍,/몰입으로 숨죽"이며 "더 멀리" 가고, 모호한 안개 속을 "무작정 달"리다가 찾아 헤매던 시어가 "영락없는 퍼즐의 한 조각"처럼 딱 들어맞는, "신명이 오른 문장이 문장을 불러오는 순간"에 도달하는 것이다. 이런 과정을 거쳐 유지인의 내부에서 "안개를 먹고 자라난 사물 아이의 눈은/웅숭그레 깊어져 있다"(〈안개가 잎을 키웠다〉).

'안개 돌파술'로서의 시 쓰기와 관련해, 유지인이 단어 하나하나를 어떤 자세로 대하는가를 여실히 보여 주는 시가 있다. 시 〈입속의 사계〉는 '여름'에서 시작해 '봄'에 이르기까지 각 계절의 이름이 발음의 순서와 방법을 따라 어떻게 우리의 몸과 마음에 내면화하는가를 정교하고 아름다운 분석을 통해 묘사한다. 분석의 과정이 마치 음악의 선율이 흐르듯 유려한 점도 이채롭다.

여름은 호흡으로 너무 꽉 잡으려 하면 목울대를 타고 도망쳐 버린다 튀어 나가려는 여를 부드러운 'ㄹ'이 끌어당기고 'ㅡ'가 어르고 구슬려 'ㅁ'으로 주저앉게 해야 한다 안팎의 열기를 눌러앉히고 사이좋게 공존케 하는 여름— 하고 발음하다 보면 단전 밑이 서늘해지고 치솟는 마음이 제자리를 찾는다

— 〈입속의 사계〉 부분

당연하게도, 시를 쓸 때 최상의 단어들이 딱 들어맞는 행복한 조응의 순간이 항상 찾아올 수는 없다. 유지인은 마음에 드는 단어를 찾지 못해 자주 애태우고, 시가 되지 않는 문장과 내내 씨름하다 지치며, 모호한 '예술의 내부'에 가닿을 수 없어 더없이 괴로워한다. 그녀의 육성을 들어보자. "마음을 대신할 단어를 찾아 속 태울 때이다/건너지 못하는 강을 앞에 두고/뗏목 같은 검은 점 하나 문장에/꾹 눌러 찍고 싶은 날 있는 것이다"(〈소실점〉), "너는 시가 되지 않는/문장과 씨름하다 늑골 휘어지게 달 넘는 바람을 기다린다"(〈달의 빈집〉), "예술의 내부도 밤과 낮처럼 명징했으면 좋겠다고/그녀는 짐승처럼 엎드려 제 안의 어둠을 물어뜯었다"(〈너무나 가벼운, 담론〉). 유지인이 이 시집의 곳곳에서 마르크 샤갈, 앙리 마티스, 압둘라자크 구르나, 파트리크 쥐스킨트, 주세페 베르디, 미키스 테오도라키스, 최원석 등 다양한 분야의 예술가와 작가들을 참조하고 경유하는 것은, 뿌연 '안개' 속을 헤치고 명징한 '시'를 향해 나아가기 위한 방책의 하나라고 할 수 있다.

유지인은 시인이자 플로리스트이기도 하다. 그녀에 의하면, 꽃꽂이의 원리와 과정은 시 쓰기의 그것과 매우 유사하다. 못다 핀 꽃을 피우고, 첨가물로 꽃의 수명을 연장하고, 새벽 시장에

달려가 꽃을 구해 가시에 찔리며 가지치기하는 등의 '절차탁마
切磋琢磨'의 작업이라는 점에서 꽃꽂이는 시 쓰기와 다르지 않다.
유지인은 꽃꽂이와 시 쓰기가 자연과 인위, 본래의 생명력과 수
명 연장술, 실체와 포장, 수련과 조련, 선택과 배제(버림), 열정
과 자조 등이 뒤섞인 '안갯속'의 작업임을 통찰하며 이중적인 시
선을 유지한다.

　　수반에서 피고 진 꽃의 일대기를
　　꽃꽂이라 한다면 "화무십일홍"
　　고사성어 속에서 꽃은 못다 핀 꽃을 피운다
　　델리케이트한 꽃의 수명 연장을 위한 물속 자르기
　　식초나 락스 한 방울 내지 얼음 넣기
　　플로리스트의 온갖 우아한? 방법을
　　꽃은 침봉에 꽂혀 저항도 못 하고 받아들인다
　　화려한 꽃의 이면은 그로데스크하다
　　시들어 추한 꽃 목 떨어지고 찢어진 꽃
　　한눈팔면 향기보다 가시를 앞세우고
　　가시에 찔려도 바라만 봐도 꽃이었는데
　　새벽 꽃시장을 달려가는 체력에 바람 들어
　　꼬박 3년을 배워 사범 자격증을 얻은
　　플로리스트의 길을 떠났다
　　꽃 조련사보다 시의 절차탁마切磋琢磨라고

이별의 말은 의도치 않게

꽃다발을 둘둘 말아 감싼 포장지처럼 그럴듯하다

그때 만난 꽃을 시詩 속에서 다시 만났다

군더더기의 가지치기, 연습 후 버려진 꽃들

색상과 이미지의 조화 극적인 순간 포착 등이

시와 유사하다 수반의 세상이 전부인 꽃

이제 시들지 않아도 될지니

우화 속 꽃처럼

— 〈꽃의 우화〉 전문

꽃의 생명력과 아름다움을 최대화하기 위한 플로리스트의 작업은 아이러니하게도 꽃에 대한 폭력을 불가피하게 수반한다. 꽃의 입장에서는 수난을 겪는 고통스러운 일이 아닐 수 없다. "델리케이트한 꽃의 수명 연장을 위한 물속 자르기/식초나 락스 한 방울 내지 얼음 넣기" 등 "플로리스트의 온갖 우아한? 방법을/꽃은 침봉에 꽂혀 저항도 못 하고 받아들"여야 하기 때문이다. 그렇다면 시 쓰기는 어떨까? 시인이 쓰는 시 역시 세계의 존재들과 그것을 대신하는 언어들을 갖은 "우아한? 방법"을 동원해 꽃들처럼 자르고 버리고 오염시킨 후 산출한, 훼손된 잔여물이 아닐까? 이렇게 빚어진 시는 생생히 살아 있는 꽃일까, "우화 속 꽃처럼" "시들지 않"거나 "시들지 않아도" 되는 꽃일까

(〈꽃의 우화〉)? 창조의 과정에서 훼손과 오염을 피할 수 없는 인간의 예술적 작업은 어떻게 궁극의 진실을 구현할 수 있을까? 예술(시)에 대한 유지인의 발본적 질문은 통렬하고 날카로우며, 이후의 시 작업이 어떤 농도와 강도로 전개될 것인가를 예측하게 한다.

3. 젖은 빵의 내부를 응시하기 – 상처의 변주와 치유

꽃의 고통과 시로 표상되는 존재와 언어의 고통을 생각하는 유지인은 시치유자로도 활동해 왔다. 유지인은 시 쓰기가 훼손과 고통을 감수해야 하는 작업이라면, 그것은 인간의 상처를 어루만지고 치유하는 일로 승화될 때 의미를 지닐 수 있다고 믿고 있는 듯하다. 여기에는 유지인 자신의 상처와 투병의 경험이 짙게 반영된 것으로 보인다. 일찍이 카를 융이 간파했듯이, 인생에서 질병을 앓는 일은 숙명의 긍정과 자아의 우주적 실현으로 가는 통로가 될 수 있다. "병을 앓은 후에 비로소 나는 자신의 숙명을 긍정하는 것이 얼마나 중요한가를 깨달았다. 그럼으로써 이해할 수 없는 일이 일어날 때도 자아는 굴복하지 않게 되는 법이다. 참아 내며 진리를 견디며 세계와 숙명을 받아들일 수 있는 자아가 형성되는 것이다. 그러면 사람은 패배에서도 승리를 체험하게 된다. 밖에서든 안에서든 아무것에도 방해를 받지 않는다. 자신의 고유한 연속성이 인생과 시간의 흐름을 이겨 냈기 때문이다."* 이는 비단 육체적인 질병만이 아니라 마음의 질병 및 인생에서 경험하는 온갖 고통에도 적용될 수 있다.

유지인은 우리 사회의 사람들이 몸과 마음의 고통을 통해 자아를 넘어서며 성장하는 것이 아니라, 반대로 고립과 피폐 속에 몰락하고 있는 현실을 아프게 응시한다. "빌려 쓴 이름처럼 마구 버려지고 있"는, "버리지 않아도 저절로 버려지는 마음 밖의 일"(〈코피노〉)들과 "흑점"이 되어 각자의 "가슴에 콱 박힌 그 어떤 일"(〈혹성, 혹은 어떤 일〉)들은 사회적으로 공유되지 못하고, 다시 개인의 문제로 되돌려지면서 피할 수도 있었던 비극을 계속 양산한다. 유지인은 자신을 포함해 동시대의 사람들이 겪고 있는 다양한 고통의 내부를 들여다본다. 먼저 그녀는 유년기에 겪은 가난의 역사를 기억하고(〈피죽새〉), 좌판을 벌여 먹고사는 장애인의 곤고한 삶을 파고들며(〈롤러블레이드〉), 굶주림과 지병으로 32살에 사망한 젊은 작가 최고은을 애도하는(〈밥나무〉) 등 고달픈 생계의 문제에 집중한다. 시 〈젖은 빵 말리기〉는 고시촌과 미분양 아파트 등으로 상징되는 자본주의 사회의 구조적 모순 속에서 "젖은 빵"의 "시큼"한 "내부"를 맛보지 않고 살 수 있는 개인은 거의 없다는 점을 묵직한 통증 속에 그려 보인다(〈젖은 빵 말리기〉).

* 카를 구스타프 융, 조성기 옮김, 《카를 융: 기억 꿈 사상》, 김영사, 2007, 527~528쪽.

그가 내게 젖은 빵을 보여 줬다

아직은 빵의 내부를 열어 볼 때가 아니라고

말하고 싶었는지 윗입술을 딸싹이다 만다

한 번도 제대로 확 부풀어 본 적 없는

찬물 속 누룩 같은 얼굴들에게

빵은 자잘한 인사말 정도는 건네야 한다는 건지

툭하면 짓물러진 귀퉁이로 짧게 인사한다

안녕! 그대의 빵은 안녕하신가?

구름의 빵틀을 벗어난 빵은

차마 돌아보지 못할 때에 사라져 버렸고

필요 없을 때에 다시 오려는 건지

하루 종일 뒤가 가려운 때 있다

그가 갔다 막일이라도 찾아봐야 한다고

한 바구니에 담겨져 덩달아 시큼해진

빵의 내부가 끊임없이 말을 걸어왔다는 걸

그의 너덜너덜해진 운동화를 보다 눈치챈다

우린 이제 따뜻한 공기층이 집을 짓는

발효의 한순간으로 다시 돌아갈 수 없는 걸까

주사위처럼 던져진 물음의 시간이 움직일 줄 모른다

안부 인사 묻지 않는 사람들 낮게 등 구부리고 사는

고시촌에서도 젖은 빵은 내부를 잘 보여 주지 않는다

"찢어 먹다 만 책갈피가 빵이 되는 거 봤니?"
누가 아무 데나 낙서해 놓았다

훔쳐지지 않는 생은 젖은 빵 속에 있다고
짓다 만 미분양 아파트를 위태하게 건너던 빗줄기가
안 그래도 시큼해지는 빵의 내부를 충동질하고 있다
　　　　　　　　　　　　　—〈젖은 빵 말리기〉 전문

　또한 유지인은 마치 유령처럼 무기력하고 무능력한 존재로
취급받으며 실존의 감각이 휘발되고 있는 중년 여성(〈생크림케
익〉), 이웃 간의 따스한 정을 잃어버리고 "흐릿한 불빛 아래서
제 갈 길을 잘도"(〈가로등이 수상하다〉) 가는 각자도생의 사람들,
"날아다니는 손가락의 비명 소리"만이 난무하는 "숫자만을 편식
하는 디지털"(〈디지털 상상력〉) 세상, "변죽만 울리다 끝나는 말
의 행각들"로 가득 차 "잦은 통화가 소통의 부재"(〈긴 통화는 암
호다〉)임을 증명하는 초연결 속 상호 고립의 현실 등을 다각도
로 통찰한다. 바꾸어 말하면, 시인으로서 유지인은 타자와 세계
의 목소리를 듣는 '청자'와 그 목소리들과 함께 자신의 음성을
발화하는 '화자'의 두 입장을 균형 있게 견지하고자 한다. 유지
인에게는 "듣지 않아도 저절로 들리는 말이 있"(〈견고한 마디〉)
고, "예술과 통속의 중간쯤에서" 그녀 역시 "아무도 듣지 못"하

는 "울음소리"(〈롤러블레이드〉)를 토해 내야 할 때가 있기 때문이다. 유지인의 시 쓰기가 치유하기와 연결되는 지점은 바로 이 대목이라고 할 수 있다.

> 한고비를 넘길 때마다 생겨나는
> 굵은 마디의 몸통 속에서 푸른 바람이 울고 갔다
>
> 무엇이든 오래 품으면 몸의 일부가 되기도 한다지
> 밤마다 받아 마신 겹눈을 깨우는 이슬의 문장
> 듣지 않아도 저절로 들리는 말이 있다고
> 우두커니 있을 때에도 하늘의 창은 열려 있어
> 통점의 마디를 딛고 생겨나는 마디들
> "우리 기억에 불을 붙이자"
> 거침없는 보폭에 허공도 저만치 물러서고
> 바람의 측량이 시작되었다
>
> ― 〈견고한 마디〉 부분

유지인은 '치유'가 새로운 관점으로 자기 자신과 세상을 보는 일에서부터 시작된다고 본다. 이 시에서 보듯, "무엇이든 오래 품으면 몸의 일부가 되기도 한"다는 바람 혹은 믿음은 "통점의 마디를 딛고 생겨나는 마디들"(〈견고한 마디〉)을 통해 실현의 가능성을 예고하고 있다. 삶과 존재를 뒤덮고 있는 '안개' 역시 다른 시각으로 바라볼 때 다른 길이 열린다. "희미해진다는 것은 존재의 사라짐이 아니라/비로소 자신의 내부에 집중하는 것/(……)//그저 환해지는 거지/햇볕의 안부처럼". 희미해져서 "비로소 자신의 내부에 집중하"고 "그저 환해"(〈햇볕정원〉)진다면, 각자의 상처를 치유하는 일도 "눈과 눈이 서로의 거울이던 시절"(〈만인 옹기상〉)을 회복하는 일도 그리 요원한 일이 아닐 수 있다.

> 심연의 동굴로 사라진 너를 달은 낮에도 깨어 지켜보고 있다 염색물에 무방비로 던져진 천조각처럼 너는 물들어갔다 물들었다는 것은 영혼까지 번졌을 때 하는 말이다 아직도 퍼렇게 버티고 있는데 살아낸다는 것은 블루가 점점 희미해진다는 것 고요해진 너의 눈빛을 만난다
>
> — 〈블루, 만져지지 않는〉 부분

특히 유지인은 색채 3연작이라고 할 수 있는 〈블루, 만져지지 않는〉, 〈보라에스키스〉, 〈검정의 페르소나〉 등 3편의 시에서 무의식과 의식, 과거와 현재, 개인과 사회, 블루빛 우울과 시퍼런 삶 등을 연결하며 치유의 새로운 '마디'들을 만들어 낸다. 아마도 유지인은, "고요해진 너의 눈빛을 만"나는 일이 "퍼렇게

버티"며 "살아" 내는 일의 핵심임을, 그녀의 시를 읽는 누군가가 — 단 한 사람이라도 — 절감한다면 그보다 더 기쁜 일은 없다고 여길 것이다. "고요해진 너의 눈빛"(〈블루, 만져지지 않는〉)은 바로 '나의 눈빛'이기도 하거니와, 이 집중과 환해짐의 경지에 이르면 예술이 무엇인가를 논하는 일이나 예술과 통속을 구별하는 일들은 부질없어질 것이기 때문이다. 어쩌면 이 '고요'와 '치유'의 경지가 바로 예술이 궁극의 본질을 실현하는 때와 장소일지도 모를 일인데, 유지인의 치열한 시 작업이 이 길을 더 구체적이고 세밀하게 보여 주기를 기대한다.

안개가 잎을 키웠다

ⓒ 유지인, 2023

초판 1쇄 인쇄 2023년 12월 11일
초판 1쇄 발행 2023년 12월 22일

지은이 | 유지인
발행인 | 강봉자·김은경

펴낸곳 | (주)문학수첩
주 소 | 경기도 파주시 회동길 503-1(문발동 633-4) 출판문화단지
전 화 | 031-955-9088(대표번호), 9536(편집부)
팩 스 | 031-955-9066
등 록 | 1991년 11월 27일 제16-482호

홈페이지 | www.moonhak.co.kr
블로그 | blog.naver.com/moonhak91
이메일 | moonhak@moonhak.co.kr

ISBN 979-11-92776-95-8 03810

「이 책은 경기도, 경기문화재단의 지원을 받아 발간되었습니다」

문학수첩
시인선